清冽之水

洁尘电影随笔精选集

洁尘 著

QINGLIE ZHI SHUI

四川文艺出版社

图书在版编目（CIP）数据

清冽之水 / 洁尘著. —成都：四川文艺出版社，2017.9

（洁尘电影随笔精选集）

ISBN 978-7-5411-4701-2

Ⅰ.①清… Ⅱ.①洁… Ⅲ.①随笔—作品集—中国—当代 Ⅳ.①I267.1

中国版本图书馆CIP数据核字（2017）第216730号

洁·尘·电·影·随·笔·精·选·集

QINGLIEZHISHUI

清冽之水

洁尘 著

责任编辑	郭 健
封面设计	叶 茂
封面油画	李中茂
内文设计	史小燕
责任校对	文 诺
责任印制	崔 娜

出版发行	四川文艺出版社（成都市槐树街2号）
网　　址	www.scwys.com
电　　话	028-86259287（发行部）　028-86259303（编辑部）
传　　真	028-86259306
邮购地址	成都市槐树街2号四川文艺出版社邮购部　610031
排　　版	四川胜翔数码印务设计有限公司
印　　刷	成都东江印务有限公司
成品尺寸	130mm×185mm　1/32
印　　张	8　　　　　　　　　字　数　130千
版　　次	2017年10月第一版　印　次　2017年10月第一次印刷
书　　号	ISBN 978-7-5411-4701-2
定　　价	38.00元

版权所有·侵权必究。如有质量问题，请与出版社联系更换。028-86259301

自序：晴空和云朵

/洁尘

我现在看电影的时候实在不多，不知道是否跟之前有段时间疯狂看电影有关。任何一种迷恋都可能被透支，我不知道近年我对电影的热情有所消退是不是跟这种说法有所对应。

但我想的是，跟我对这个世界的感知方式发生了变化有关吧。

写这篇自序的时候，我正在日本的旅行途中。这是我第一次在旅途中写作。这于我来说是一种全新的写作体验。

近年来，我频频离开书房，离开一种我熟悉也些微厌倦的体验方式，我跑了全世界好多国家，尤其是日本，频繁造访。

洁尘,2017年7月东京上野

这是一种不知不觉的撕扯,撕开书房给我的庇护,将陌生化和由此带来的体悟和思索尽可能地引入我的结构之中。但最终的劳作和弥合还是在书房进行,将一切在书房这个场所,通过一个个的文字,加以固定。每每这个时候,我很庆幸我是一个作家。这个职业带给我的存在感和幸福感最终是在书房实现的。

2017年7月18日,镰仓,雨中,我来到了圆觉寺,拜祭小津安二郎先生的墓。墓的基座和墓碑都是黑色大理石,墓碑上没有镌刻名字,只有一个"无"字。照拂之人在墓前供奉着由白百合和黄色小雏菊组成的花束,墓碑左边是三瓶瓶装煎茶饮料,右边是三瓶啤酒。

看过多次关于小津墓的照片,实地来到墓前,我蹲下正面对着它细细打量,犹如他一贯的固定机位。

世界太丰富,人生太有限,我的注意力在有意识地加以收缩以求深入一些。也许我现在与这个世界之间的观察方式和沟通方式就需要这样的固定机位吧。我想起小津生前最后一部电影《秋刀鱼之味》中的一个固定机位的长镜头:走廊尽头的窗户,晴空入定,偶尔有云朵荡过去,一切皆无,无中生有。

其实一个人对外在的真正的需求不会比通过一扇窗户去感受晴空和云朵更多。

对于电影的阅读，我曾经有过很多年的痴迷甚至有点疯狂的时期，几乎每天都看，甚至一天看四部。密集的积累于我的结果就是在二十多年的写作中产生了几十万字的电影随笔。现在的这套四卷本精选集，是我从我的三本电影随笔集《华丽转身》《暗地妖娆》《黑夜里最黑的花》，以及收入在我的七八部其他的随笔集中的电影章节中选择出来的。我把这些内容重新加以修改和编辑，按语种划分，辑为四集。

以此，我用这套书来总结和归纳我之前的电影随笔写作，因为之后有相当长的一段时间，我将离开这种写作方式。我不知道以后还会不会写电影随笔了。以后再说。

我也在心里默默地把这套书视为对书友们的致谢方式。多年来有很多书友是通过电影随笔这个主题来阅读我的文字并予以喜爱，其中好多书友是我的同龄人，我们一起年轻，一起痴迷电影，现在我们一起走到了人生的中途。

这些年，我在好些城市的读书分享会上遇到我的这些书友们，他们总会拿出最早版本的《华丽转身》。谢谢！

人生的下坡路开始了。我想说的是，体力、精力、视力有限，选最喜欢的，看仔细点。

2017年7月24日于东京

目录

001　写乐的感官世界

005　情　结

009　在转角处告别

015　檀香似的北野武

017　茶绿色的中山美惠

021　菊花之约

027　岛国的爱情方式

031　雨月物语

035　性与底层

039　找死地爱

045　美得不寒而栗

049　用针挑土将你埋葬

055　对生与死的双重轻蔑

061　笑，笑人生致命的错误

065　选 择

071　黑色故事与白色故事

077　美与幻灭并肩而行

083　寻找小津

087　MAYBE，MAYBE

091　化石般的纯爱故事

097　梦中之梦

101　春色堆砌寂灭之路

105　天气和煦，视而不见

111　茶式电影与中年之美

117　秋刀鱼和盐

121　清冽之水

127　一种蔷薇

131　对藤泽周平的期待

137　花团锦簇的悲惨故事

145　关于时间的让人释怀的说法

153　他们的一分

163　乱樱花魁

171　相　性

177　善恶交织的凉爽

183　爱到死

189　演员的身体

193　爱情绝对不是最要紧的

197　说吧，说我爱你

201　不知道结果的阴谋

205　看《叶子》的那天

211　母爱·元斌

215　景深很深

219　猛虎在细嗅蔷薇

225　乍暖还凉，最宜将息

231　面目全非的爱情

235　玉面小生的类型

写乐的感官世界

在明艳的夏日阳光下,我躲在一幅姜黄色窗帘的后面击打着电脑的键盘。这是上午十点的天光,光影却在我的窗帘上开成了一朵行将枯萎的大大的花。我凝视着它,心中落红遍地,唯有粉白的樱花依然清凉地开着。我再一次被那场盛景湮没了——昨晚,我看了日本电影《写乐的感官世界》。

我对日本这个国家的感情是很复杂的,有无法释然的家国之恨,但也深深地热爱着他们的艺术。我挚爱的大作家谷崎润一郎就是日本人。在美的仪式化、形式感方面,性格极端的日本人是将这件事做得最好的。随着年岁的增长,我的审美口味也越来越趋于这种形式感和仪式化,即所谓的唯病历倾向。前些年的我意欲赋予美的形式以激情和意义,并坚信能在其中有所收获；事实上，这样的理念除了带给我更多思考的痛苦和认知的模糊之外，并没有让我在美这一问题中获得更多（也许，这其实就是一种获得）。对于一个天生对于形式感有血脉之亲的人来说，回溯比前进要有效得多，也安全得多。诗人钟鸣每每跟我谈到他心仪的作家或艺术家以及他们的作品时，常常用这样的字词来表示赞叹："哎，大怪癖！哎，大颓废！哎，大唯美！"个性化的一言以蔽之，往往给听者带来更加强烈的认同感。高度凝练的形式感自身就是一种成就，犹如一个造型完美的水具，装不装水并不重要，空着或许更恰当。

正是如此，像《写乐的感官世界》这样的影片，说的是什么并不重要，重要的是怎么说的。在此需要的是片面，全面是煞风景的。粉白的樱花正在凋谢，飘飞下来的花瓣落在才华横溢、粗俗放纵的浮世绘画家的手心里，落在艳名如炽、冰雪性情的江户名妓的睫毛上。台上是绵长顿挫的歌舞伎表演，台下是稍纵即逝的欢情和才智。人生的碎片星星点点，反射着旧日华丽的光芒，清寒逼人。

曾几何时，我也会用这样超然的心态和沉静的眼神来凝视这些往日的绚烂，而且能够品到其内核森森的凛冽，这就是所谓似水流年吧？我很喜欢王小波，喜欢他的佯装迷糊但文字背后的世事洞察。我看到王小波也说似水流年，他说，"什么是似水流年"？"就如一个人中了邪躺在河底，眼看潺潺流水、粼粼波光、落叶、浮木、空玻璃瓶，一样一样从身上流过去"。我喜欢他的这个比喻。

我想，为什么我会如此热衷于让自己沉迷那绚丽的感官世界？那不过是让自己的心灵退避到暗处。艳光下的阴影是最浓密最郑重的暗。里尔克有一句诗真好："我爱我生命中的晦暝时刻……"

1997年6月17日

《伊豆的舞女》

情　结

这几天去逛书店，看到有三浦友和著的《被写体》一书。很别扭的一个名字。我前段时间看报上的娱乐版上说三浦友和终于打破沉默，著书描述他和山口百惠二十年的夫妻生活云云。就是这本吧，怎么会这么快就有中文版了？我掏钱买了。我从来不买明星自述，随手翻翻有兴趣，但不会买。但这次我买了，毫不犹豫地就买了。

这里面有一个情结在里面。

话一点不假，真是一个大大的情结。少女时代看了《绝唱》，寝食不安，惊怒交加。惊的是居然有俊美如斯的东方男子，怒的是他居然是个日本人。我不希望美男子是日本人，日本人像《追捕》里的矢村警长才对，怪里怪气的男性魅力，可以上心，但入不了梦。但三浦友和演的顺吉少爷一次又一次入我青春期的梦：他穿着驼色V形领毛衣，白衬衣领子随意翻出，手插在西裤兜里，一步一步闲散笃定走在山路上；我仿佛就是山口百惠演的那惊慌失措的女佣小雪，当少爷微笑着慢慢追过来时，语无伦次地说，少爷，我配不上你，我长得不好看，我偷吃厨房里的东西，我睡觉时磨牙……每说一句，顺吉少爷就秋水伊人地柔声说，我喜欢。

从来就不喜欢卑微的感觉，却时不时在梦中体味着卑微那种浓茶似的苦乐。清醒白醒的时候当然知道，这世界上有许多自己配不上的男人，但是，配不上就配不上吧，既不喜欢犯贱又不热衷悲剧，找般配的就行了。入了梦，人就由不得自己了，以一种莫名其妙的陌生德行演出那些恍兮惚兮的故事。梦里，我几乎从没有傲慢过。最近的一次梦是别人传我和一个男人的绯闻，自己忙不迭地解释，竟然说，人家怎么会看得上我呢？醒来一想，气得面红耳赤，恨自己不争气，几欲自掌嘴脸。如果用人们常说的潜意识之类的学问来分析，我这个个案也许有点意思。

关于《绝唱》的梦在我十六七岁的那两年反复出现。那时读了一个词，叫作"风神俊朗"，然后就把这个词专门放在了三浦友和身上。现在想来并不妥当，"风神俊朗"里要有倜傥的意味，而三浦友和的气质是，有点憨，有点痴，固执、羞涩、微微的紧张局促。这种气质贯穿了他当红时几乎所有的作品，比如《伊豆的舞女》《血疑》《风之旗》《古都》《春琴抄》等。他是少女的偶像，而且是20世纪80年代喜欢清洁纯净感觉的少女的偶像，定格的那种，阶段性的那种。

翻看《被写体》，很是惘然。在三浦友和的这本书里，主要写因妻子山口百惠一直被媒体追逐而导致他与传媒界恶战多年的感受，有醒悟，有结论，也有许多的歉意和心酸。我不知道那些被人围追的名人是否真的很悲惨，但是，读《被写体》我还是被打动了，行文的朴拙是一个原因，更为重要的原因是青年时代的三浦友和给我留下的那种诚实本质的好感。常言说，"男怕入错行，女怕嫁错郎"。我觉得这两个意思放在三浦友和身上都很合适。一是入错了行。他不具备演员的天赋，失了山口百惠这个"势"，他的黯淡也是情理之中的；二，他真是娶错了老婆。苦挨苦挣地当一家之主，却怎么样都是"百惠的先生"，一直生活在一个盛名妻子的阴影之下，年近半百了还是以一个二线演员的身份在日本演艺圈里扑腾，始终无法独占魁首。当年百惠做出婚后引

情 结

退的决定时，三浦友和承受着巨大的压力，几乎有断送国民明星之罪。他在一次记者招待会上竟负气发誓："我一定要成为与她般配的丈夫。"三浦母亲从电视上看到这一幕，流着泪要求儿子，不要再说那么没出息的话。十八年过去了，三浦是失言了。公开的誓言是一条啮食心灵的虫子。世上有许多家有名妻但也幸福快乐的男人，如果他拿得起放得下如果他知道在乎什么不在乎什么。但是对于像三浦友和这种性格倔强的日本男人来说，这条虫子一直是锥心的。他在书中说，他是幸福的。谁信？我不信。

挫败感是最不容易掩饰的。所谓"强颜为笑"，"强打精神"，"强"已然在前，后面的表情动作的那份凄凉，谁都看得出，说不说破也无甚要紧。

2000年3月5日

在转角处告别

暮春三月,我和一帮朋友到剑门关参加一个笔会。汽车颠、太阳烤、漫山遍野的油菜花把眼睛染成一点就着的干柴似的黄,几天之后,目光凌厉的背后大脑近乎痴呆。

笔会结束后坐从广元回成都的火车。清晨上车,惊喜地发现,细雨蒙蒙,归程迷离,顿时就有了还魂的感觉。列车徐徐驶离站台,同行一个一路抱怨没有艳遇的小说家幽怨地说:"这个时候应该有一个美人儿跟着火车慢跑,我和她隔窗挥别,心碎欲绝。"另一个小说家也神情恍惚地说:"月台是好东西。不过码头更好。一条彩带扔过去,船上船下,上下牵连,彩带一点点绷紧,直至撕裂,从此天涯海角……"

男人的纯情嘟囔真是可爱可怜。我说,我给你们讲两个电影里的告别吧,以慰芳心。

之一是法国电影《情人》。少女杜拉斯(我固执地认为《情人》是玛格丽特·杜拉斯的自传)乘船回国,在此之前,她和她的中国情人已经不得已地了断了。他娶了同胞的妻,她则要回国去开始一个法国女人的浪荡生涯。在经典的汽笛鸣叫之后,轮船徐徐离岸;杜拉斯伏在甲板的栏杆上,表情淡漠,少女的脸布满了衰败的痕迹,这种痕迹还可以理解为在奢望着一种沉默的告别。码头上人潮汹涌,杜拉斯和我们这些观众都知道,一种叫作永别的告别仪式会在僻静的地方举行,以符合其脆弱的本质。船绕过山头,在码头的背后,我们和杜拉斯一起看到了那辆熟悉的黑色房车以及站在车旁的司机。我们能感觉到一种无比美丽的东方的痛楚掩藏在那黑色房车的白纱窗帘之后。美丽得就跟垂死的夏天一样。

之二是日本电影《伊豆的舞女》。青年学生川端康成(沿用上一个讲述的手法)结束假期漫游,乘船返校。巡游艺妓熏子姑娘到码头送行。船渐行渐远,熏子奋力地往山上跑,不时地停下来挥动手帕,让自己在川端君的视线里清晰地呈现;终于到了小山的最高处了,熏子几乎以将手臂挥断的架势挥动着手帕,牙齿紧紧咬住下唇,像一朵不甘心的受伤的蓓蕾。船绕

《情人》

过山角，熏子的身影被遮挡住了，但是，那种十四岁的绝望和倔强像那青黑色的山石一样砸在电影的结尾处。

我的讲述十分拙劣，原因一是我口才平淡；二是我在做着一件几乎不可能的事情——将图像转换为语言。我的讲述没能打动两位恍兮惚兮的小说家，打动的是我自己，我在这次讲述中发现一个关于告别的审美要素：转角处。

跟列车和飞机有关的告别都没有转角的可能。汽车？汽车就算了吧，场景太庸常了。还是船好。

船起锚了，缓缓地，隆重地，那个人一点儿一点儿地小，就是小成一颗黑豆子也不妨碍明白那是自己温软的爱人。但是，一个转角，伊人不在，物换景移，那个身影突然就消失了，前世之感和着水气扑面而来，今生在一片空旷和陌生的地带重新开始，痛彻心扉，悲欣交集。

转角之后，泪水终于流了下来。开始不敢，怕视野模糊。

两部小说原著与根据原著改编的电影有一个共同的区别：小说的告别没有转角，而电影里的人物没有泪水。文字描写渐行渐远的过程比较合适，在这个过程里面正好安放得下一种充分但又克制的伤感；电影里没有直接的泪水也是一种高明，不愿意滥情的导演当然要避免这种直接了当的视觉冲击。

小说《伊豆的舞女》结束于少男的泪："……我任凭泪泉涌流。我的头脑恍如变成了一池清水，一滴滴溢了出来，后来什么都没有留下，顿时觉得舒畅了。"小说《情人》结尾时少女也哭了，"……她哭了，因为她想到堤岸的那个男人，因为她一时之间无法断定她是不是曾经爱过他，是不是用她所未曾见过的爱情去爱他，因为，他已经消失于历史，就像水消失在沙中一样，因为，只是在现在，此时此刻，从投向大海的乐声中，她才发现他，找到他。"

近来我手头上正在写着一个成长题材的长篇小说，这使得我异常敏感和感伤。每一种告别都让我联想到青苗拔节的痛苦和欢乐。小时候时不时做从高处跌落下来的梦，母亲说，那是你在长个子。跌落是为了成长，告别是为了证明自己曾经在场，疼痛是一定，但绝不是不幸。川端康成先生也说是这样的，他小说中的那位学生流泪时被同船一个人看到，那人问，"你是不是遭到什么不幸？""不，我刚刚同她离别了。"

2000年4月3日

《菊次郎的夏天》

檀香似的北野武

少见这么得意的片头，字幕上，编、导、演、剪，全是一个人，北野武；然后，再注明："北野武第N部作品"。这说明，此人把每一次拍片都当作自己的墓碑基石来做。这样的导演，让人信任，也让人畏惧——他极度认真，以至于认真得痉挛。

说真的，北野武把我闷得发晕，《孩子归来》和《菊次郎的夏天》要好些，他得了大名的《花火》几乎要把我闷死。这三部电影，分列其作品序号的六、七、八；之前的《宁静的海滩》和之后的最新作《兄弟》，还无缘得见。就我的观感来说，他的片子跟他的长相是一回事，大面积的凶暴和小范围的温情。他是典型的日本人，有典型的日本似的枯燥和深刻，杰出的，孤独的，坚硬的，重量级的。

北野武现在与吴宇森并称东方暴力美学的代表人物。我更喜欢吴宇森,他的暴力有浪漫有表演,硝烟中一群鸽子腾空而起,英雄双枪连发,威猛得蔚为大观,观众的血液直往头顶上冲,享受的就是这份不真实。北野武的暴力场面跟剪辑过的电视新闻似的,真实、急促、恐怖,观众的血液也直往头顶上冲,是难受。我做过一个小范围的调查,我周围影友中的能够欣赏暴力美学的女士,百分之百喜欢吴宇森讨厌北野武。中国人就是比日本人有趣。听说,北野武曾经是日本20世纪80年代相声界的灵魂人物。无法想象这日本的相声是怎么个意思?

　　我想找个比喻来说明北野武。想来想去,就檀香吧。好东西,够档次,芬芳,但不宜人,因为闷。

　　这支檀香的芬芳是细节。《花火》里那些用花朵作动物脑袋的装饰插画多妙,多漂亮;《菊次郎的夏天》里用作插画的那些照片也不错。还有一个细节:《花火》里,北野武演的警官西佳敬对着黑社会家伙的背影开枪,砰的一声,一片血红;镜头拉开,却是崛部警官往刚画好的雪景图上泼了一杯红葡萄酒。这种天才笔法,在北野武的片子里不少。要不,怎么不叫他蚊香而叫他檀香呢?!

2000年9月20日

茶绿色的中山美惠

我对日本电影的好感之一,是它们里面的女人都穿得特别好。不是锦衣华服像《花样年华》里的张曼玉那种只让人饱眼福的好,而是家常的讲究,于是,这种好就显得特别的实用,可以学习并实践一番。这些年来的日本电影中,像《情书》和《东京日和》里的中山美惠、《星闪闪》中的药师丸博子、《秘密》中的广末凉子、《失乐园》里的黑木瞳、《鳗鱼》里的清水美砂等,都穿得特别舒服。

这些电影中的女人着装色调大多淡雅,很多时候是白衬衣配浅灰中裙,再加上一双浅口的便鞋,直发柔顺,面孔也很清淡,的确只有一个词——舒服。这样的着装,稍不注意就会显得简陋,要达到舒服的境界,要诀就是质地精良。这种舒服说来一点也不便宜。

记忆中日本电影中的女人是越穿越素了。早年的中野良子、山口百惠、松坂庆子等人也是穿红着绿的。好像栗原小卷在《生死恋》里面穿得比较素，但现在回头看剧照，她那些超短裙上配西装外套的打扮，实在有点滑稽。

现在的日本女人也不是没有彩色的。但那种与生俱来的静气，把彩色给把握住了，于是，彩色也很稳，不跳，安全，雅致，让人信赖。

最喜欢中山美惠在《东京日和》里的那件茶绿色的薄毛开衫，套在一条米白色的连衣裙外面，在东京的晚春里静穆地行走，满腹心事，周围环绕着径直往夏天跑过去的植物的绿，看不到花。那景象，真是风华绝代啊。

有一种奇怪的感觉。按说，年代久远的影像应该是褪色的，但是，我记忆中早年的日本电影色彩特别明亮，女人们也一个个鲜艳欲滴；反而这几年看日本电影觉得越来越低调，跟揉了光的黑白照片似的，女人们在里面典雅蕴藉，一点也不嚣张。真是岁月不饶人啊，也到了见不得花哨的时候了。自己买衣服尽买黑、白、灰，买一件带色的，要下好大的决心。前几天看电视，撞上一个国产片，女主角在谈

《情书》

判，大波浪卷发和一身橘红色的职业套装，像朵绽放的大丽菊——赶紧换频道，受不了。

谁曾想，绽放并绽放成一朵大丽菊，原是我小时候的终极目标。

2001年4月23日

菊花之约

"菊花之约"的故事是从电影里得来的。

在日本电影《御法度》（大岛渚导演）里，片中人物说：从前，有一个清贫的书生救了一个途中病倒的武士；书生悉心照料，武士渐渐康复，在这一过程中两人心心相印，结为兄弟。武士有一个复仇计划必须实施，他与书生告别时约定，一定会在重阳节那天前来拜会。到了重阳节，书生在家里遍插菊花，买好酒，煮好鱼，等待武士的到来。白天的时光过去了，夕阳西下，眼看黑夜即将来临，还是不见武士身影。等到夜深，书生正打算放弃，武士赶到。可是，武士既不饮酒也不吃鱼，闷闷不乐。书生询问，武士说，吾非阳世之人。原来，武士实施复仇计划没有成功,被仇家拘禁,不得脱身。为赴菊花之约,武士引刀自尽,灵魂脱窍随风赶来。

这个故事出自《雨月物语》一书。这种故事通过文字或者画面的呈现会比较到位,讲述这种方式会折损一些东西。在《御法度》里,妙的是片中听众的点评:当说者感慨这是一种动人的友情时,听者说,你不认为这是一个关于同性恋的故事吗?

一旦从这个视角去看,这个故事里那种凄绝的等待、渴望以及死亡就都有了一种更为合理的解释。

菊花下阴阳相隔的感觉令人唏嘘。菊花历来是一种丰盈、不祥的花。王维的那句"遥知兄弟登高处,遍插茱萸少一人",只要把茱萸换成菊花,也就是武士对书生的节日赠言了。

我看过的同性恋题材的影片不多,印象特别好的是英国影片《莫里斯》和香港影片《自梳》。前者是男性同性恋,后者是女性同性恋,它们有一个共同的特点,那就是描述了两个同性人之间的爱情。

以前因为对同性恋的不解甚至是误解,对于他们之间的情感性质有一种想当然的看法,以为这仅仅是一种畸形

《自梳》

的情欲。但我就是在抱持这样的看法时，也没有反对过同性恋。情欲本身的存在是合理的，哪怕它是畸形的；何况，畸形情欲并不是同性恋的专属，异性恋中的发生情况也是比比皆是的。

《莫里斯》和《自梳》在我的相关理念已经固定之后给了我一种直观的礼物。它们在我面前呈现出的美好的男-男和女-女恋爱场面的那种赏心悦目，就跟美好的男-女恋爱场面一样的赏心悦目。《莫里斯》是由詹姆斯·威尔比和休·格兰特主演的，我记得片中这两个剑桥学子在初夏的原野上深情拥吻的镜头，花枝和草叶的影子四处摇曳，玉一样的阳光清新碧绿。此时此刻此情此景，两个容貌俊朗气质超群的青年男子彼此相爱应该是最为自然的事情。威尔比和格兰特健康的、激情充沛的表演让观者得出了这一必然的合理的结论。《自梳》里的两个女主角刘嘉玲和杨采妮之间没有这样直接的恋爱场面，她们更多是一种用情深厚的眼神的交流，而那种眼神里也包含着生死相许的密码。相比《莫里斯》里犹豫、分离，《自梳》里的犹豫、分离则纳入了我们所熟悉的爱情悲剧里。以一种非常规的情感纳入常规的情感模式里，这反而使得我们不甘心。

在我的想法里，所有有感染力的同性恋应该以一种戛然而止不明就里的方式结束。结束之后有谜一样的绵长怀念。

我是站在局外的人，只能说说这些莫名其妙的话。我希望，所有的菊花之约不至于以阴阳相隔的方式结束吧？！菊花之约太过艰难，比要菊花开在盛夏还要艰难。赫尔曼·黑塞有一句话："在我向往能找到欢乐、成就、荣誉和完美的地方，我却只见到了要求、规则、责任、困难和危险。"

这个德国人赫尔曼·黑塞写了一部警句迭出、让爱好做笔记的读书人忙得半死的名作，《纳尔齐斯和歌尔德蒙》。我把它视为一部以精神之光来遮掩情欲之火的同性恋佳作。

2000年5月4日

《失乐园》

岛国的爱情方式

在我看过的日本爱情电影里，大多有一种囚禁的意味，有的是用栅栏囚禁，有的用墙囚禁；前者是少年，后者是中年。如果反抗，撞上栅栏要受伤，撞上墙则会死。这也就是青春和迟暮的区别。我把它们称为岛国爱情。一个生活在大海包围的岛上的民族，有一种与生俱来的绝望，对待爱情的态度尤其绝望得彻底。

少年和中年分别都有一个著名的例子，《情书》和《失乐园》。

爱情被囚禁是有利于爱情本身的，我作如是观。爱情自身是这样被败坏的：它具有挥发性，敞着它非常的危险，就像敞着一瓶汽油，敞着它也非常的可惜，就像敞着一瓶香水。要捂着。捂，也解决不了它根本性的挥发问题，但可以保持得长久一点。用什么招呢？分离是一个办法，背叛是一个办法，相对来说最有效的办法，是死。日本人最喜欢用死的办法，来与他们的绝望配合。

死，在《失乐园》里是很容易被理解的。一对中年男女，在婚姻之外的性爱里面得到了他们渴慕的爱情，他们被这种深入骨髓的情感、被那种巨大的无以名状的幸福给吓坏了，于是，他们清醒地意识到，他们被神的意旨挑中了——为避免爱情的毁灭，只好将肉体毁灭掉。我看过不少关于《失乐园》的文章，因为它从小说到电影都是备受关注的。这些文章里，大多说，这对男女是囿于不认可他们的环境而死。这种说法真是冬烘得可以，且不说当代的具独立意志的男女有几个把环境、舆论、流言这类东西放在眼里？其实，只有婚姻受制于环境，爱情应该不在此限。在我看来，《失乐园》的死是为了让爱情不死。渡边淳一的小说原著我也看了，我觉得它相当不错：在色情的水面下，纠缠着由眷恋和恐惧交织的水草，丰美茂盛。我觉得，《失乐园》为我们提供了一个具有典型日本意味的例子，那就是在必然会到来的对肉体的厌倦之前，为了爱情，把肉体这个祸根给解决掉。它为那些视爱情为生命全部的人提供了一个残酷的但确是智慧的方案。

我的一个朋友对我说，死那场戏很假。"林中小旅馆、炉火、雪、红酒，还有一道好菜，竹笋炖老鸭。一个叫祥一郎的男人和一个叫凛子的女人，又漂亮又体面，有钱有地位，关键是，他们身上还有一些必须尽的义务，但这两个人却平静地喝下毒酒，然后，一起做爱到断气。戏演到这份上就讨厌了。我不喜欢自找绝路的人。"我能理解我朋友的看法，因为我们都不是视爱情为生命全部的人，我们与他们路标不同。我也认为，这的确是戏，但是一种让我们不能轻率评论的戏——这里面是有要义的。

《情书》中让爱情永恒的方式也是死。但是，这样的死让人就实在是太难受了。

女孩博子在未婚夫藤井树滑雪失事身亡之后，在藤井树的母亲家翻看他当年的中学毕业册时，意外地发现，与他同班的还有一个叫作藤井树的，是个女孩。博子对男藤井树的学生生活一无所知，她觉得可以通过这个女藤井树来做了解。博子以天国来信的方式给女藤井树写信。初初是把女藤井树给吓得不轻，渐渐地，女藤井树也喜欢上了这种可以进入回忆的方式。在彼此的神秘的通信中，博子一点点地收集着爱人的成长痕迹，而女藤井树则一点点地梳理着当年那朦胧模糊的恋情萌芽——随着影片从容、克制地推进，我们知道，博子和女藤井树的容貌是一模一样的——我们已经知道了是怎么回事，偷偷去见过女藤井树的博子也知道了，只有女藤井树到了影片的结尾处才明白了当年的这个秘密。

我之所以要复述这部著名的电影，是我觉得这个电影故事的本身具备了一种无法延展的悲情。更大的遗憾发生在死亡之后：博子为了被迫中断的恋情去收集到一个她无法释怀的结果——她是另一个人的替身；女藤井树获得了当初没有明晰的爱情，却不得不面对死亡造成的深渊。死亡给了一个真相，让爱情永恒，却使活着的人不得安生。这样保存爱情的方式，也是残酷而智慧的，但是，谁会甘心接受呢？

《情书》是我最喜欢的电影之一。但它那种过于寒冷、清冽的味道却让我不敢再次品尝。它是冬天里的一杯雪水。

我想，我们热爱悲情的原因是基于我们对悲情的恐惧。对于我们来说是这样的，爱情来了，将它享受够，然后，随它自己熄灭。这不是一个勇敢的、美的过程，但是，这是对于我们这些软弱的人来说最好的过程。

爱情从本质上来说，是神给予强者的礼物。谁配接受？神知道。鬼不知道，人也不知道。

2000年6月20日

雨月物语

《雨月物语》是日本古代经典名作。沟口健二的一部电影取材于它，片名也叫《雨月物语》。这部电影我没有看过。看不到。有编辑约写沟口健二，我一口应了后打电话四处咨询。这稿子最后还是没有写成。碟友都说，哪去找沟口健二？那么旧的片子。

香港的电视台有时在后半夜要放沟口健二。李碧华看到了——"凌晨四五点，有点凉，关冷气开窗，才发觉有雨。顺便开电视，原来正播映《雨月物语》。"

写到凌晨四五点还有精神看电视？也就是香港专栏作家。凌晨四五点我若还没睡，一定连自己姓什么也不知道了。元神涣散殆尽。

借李碧华的笔看《雨月物语》：男人出外做工，被女鬼迷惑，沉溺于爱欲之中不能自拔；后有多事僧人点化，用经文符咒将女鬼祛除……男人怅然归家，有贤妻等候。贤妻一言不发伺候他吃饱安睡之后，消失了。第二天男人从乡邻处得知，贤妻在其不在家时早被强盗杀死了。原来家里的这位也是一女鬼。

做了鬼还这么痴？

鬼比人痴。看《胭脂扣》，女鬼如花痴得让人落泪。李碧华好像喜欢把痴劲放到鬼身上。《胭脂扣》的成功，一方面是李碧华和关锦鹏的功力，另一方面，是梅艳芳的长相。梅艳芳天生一副"痴女"模样。她喜欢刘德华，唠叨了好多年了。记得有一年她要出席一个场合，有友人提醒她，千万别再当众说自己喜欢华仔了，拜托。媒体报道此事语气像在说笑话，我看了却觉得心酸。

李碧华和程小东还一起成就了一个痴情的男鬼，《古今大战秦俑情》中的蒙天放——张艺谋。在这片子里，张艺谋是一千年老妖，从秦代活到20世纪70年代，虽说长生不死，但翻来覆去就一种活法——爱巩俐。甚单调。而巩俐几番托生，活得花枝招展，任何一轮生命都有男人痴心爱慕。真划得来。

李碧华说,沟口健二的《雨月物语》有"森森然"的"幽艳惆怅"。

《雨月物语》本身就是一本"幽艳惆怅"的书,跟中国的《聊斋》一样,好故事取之不尽。大岛渚的新作《御法度》一片里,也用了《雨月物语》的典故:"菊花之约"。讲一个书生和一个武士相约重阳节聚会。到了重阳节,书生在家里遍插菊花,备好酒饭,但武士却久等不至。夜晚,武士终于来了,却不动一筷子。书生问其故,武士叹道:被仇家拘禁,不得脱身,为赴菊花之约,只得引刀自尽,灵魂脱壳随风而来。吾已非阳世之人。诚信如此的故事!2001年高考作文的题目就是"诚信"。有人用过这个例子吗?

2001年8月14日

《赤桥下的暖流》

性与底层

日本导演今村昌平被称作是殿堂级的大师。这种说法起码有戛纳电影节可以做证：三次金棕榈大奖获得者。这是绝无仅有的荣誉，可谓戛纳第一人。这三部电影分别是1983年第三十六届的《楢山节考》，1997年第五十届的《鳗鱼》，还有就是2001年第五十四届的《赤桥下的暖流》。

这三部片子基本上都体现了今村昌平"性与底层"这一概念。《鳗鱼》和《赤桥下的暖流》更接近，都是讲述一个处于低潮的男人如何在底层生活中从女人那里获得了救赎的。而且，这两部电影的基本阵容也是一样，男主角役所广司，女主角清水美砂。可以说，《赤桥下的暖流》是《鳗鱼》的一个翻版。

同等题材两次在戛纳获大奖，这应该说是不太可能的事。之所以在今村昌平身上出现这个奇迹，不得不佩服这个今年七十五岁的老导演惊人的创新能力。较之《鳗鱼》的沉郁稳重，《赤桥下的暖流》从风格上做了相当大的变化，是一出精致动人且诡异大胆的轻喜剧。

　　一个中年男子（役所广司）失业了，又与妻子不和，倒霉的他在街头与一流浪老头相识，并颇为投机。老头在死前告诉男人，只要到遥远偏僻的能登半岛，找到一幢位于河边赤桥下的房子，便会找到一个内藏金佛的瓶子。男人找到了赤桥下的房子，并没有找到金佛，而是遇到了一个天生异禀的女人，这个女人体内蓄积着大量的"爱液"，在与男人发生肉体关系的时候，这些"爱液"会呈现出喷泉般的奇观，而且，这些"爱液"汩汩流淌，像小溪一样流出房子，流入河水之中，将很多鱼汇集在一起，因而使钓鱼的人们大有收获。男人与妻子分手了，和这个奇异的女人相爱了，并在她的滋润之下，重新获得了生活的热情和力量……

　　《赤桥下的暖流》虽然题材非常大胆奇异，但拍摄手法简练干脆，基本上没有任何关于性爱的感官刺激镜头出现。也可以说，这是一部画面相当"健康"的性题材电影。今村昌平多年关注他自称的"底层和下半身"的题材，但对于这种直接敏感的问题，他的关注更多的是放在精神层面上的。他是用精神化的视觉来关注和体现肉体之爱的含义。

日本电影中的底层女性一向是相当鲜活的，极富感染力。今村昌平同样表达出对底层充分的敬意。青春年少时期的今村昌平时常流连于烟花柳巷，对底层妇女，特别是从事不良职业的妇女非常了解，她们身上有着浓重的生计挣扎的痕迹，但她们身上那种比男人更为顽强乐观自由开朗的气息，也深深地感染了今村昌平，这也在一定程度上成为他日后几十年电影创作的母题。这个母题归纳起来就是：女人比男人更坚忍，并能拯救男人。

我看《赤桥下的暖流》，为影片中的画面和透过画面一点点呈现出的人生的幸福感所打动。红桥（赤桥）、绿树、木屋、喇叭花、青绿色的河水、湛蓝的大海，雪白的浪花，还有那些绕着海窗上下翻飞的海鸟。男主角来自东京，像每一个都市人一样多年苦挨，因为不知道什么叫作幸福了。面对这样天堂般的景象，幸福才猛地扑进胸怀。我只是观众，并非身临其境，但我都有一种深切的感悟。我一直觉得今村昌平是一个教导我们如何寻找幸福的艺术家，《赤桥下的暖流》也是这样的一番告诫。我们在人生中最需要什么？爱慕，安详，美丽的景色，新鲜的空气，再加上一些惊奇。也许，这就叫作完美吧。

2002年9月5日

找死地爱

山口百惠和三浦友和这一组合在20世纪80年代是少年们的偶像极品，也是国人关于"金童玉女"的第一个概念。当年电视连续剧《血疑》，可谓万人空巷，"幸子"和"光夫"的故事让人牵肠挂肚泪眼滂沱。我那时还是个少女，想入非非接近于病态，对山口百惠十二万分地艳羡，不仅因为她是明星，还因为她除了和三浦友和搭档演了那么多情侣之外，居然还真的嫁给了他，做了他的妻子。

这段时间市面上有山口百惠系列电影作品的DVD，基本上都是她和三浦友和搭档出演的。这对搭档，当年就是以百惠为主导的，回顾起来也是如此。我买了一些，像《伊豆的舞女》《绝唱》《古都》《春琴抄》《雾之旗》《淤泥中的纯情》等。这些片子，除了《绝唱》《伊豆的舞女》当年公映过，其他的，都是在电影杂志里熟悉的，其实都没看过。这些片子当然都不是什么经典名作，但是，看的时候却很感慨，在其中搜寻那些依稀可辨的旧日情怀，仿佛老眼昏花中努力辨识一个故人的模样。那个人，就是少女时的我。现在的我面对当年的我，就如同一个老人面对多年没见的旧友那般疑虑。

有时候，人的成长是找不到来路的。你会百思不得其解：当年为什么会喜欢上这样的人？为什么会做下这样的事？进而你会百思不得其解今天的你是从哪里来的？按发展逻辑来讲，你本该成为另一个你，是在什么时候什么地方拐了弯让你走到了现在这条路上？

对于山口百惠和三浦友和，我回顾起来没有什么后悔的。他们是我少女时代唯一幸存下来的值得称许的偶像，说来一点不跌份。他们俩的片子一般说来都还不差，但也没什么出彩的，我觉得特别有意思的是《淤泥中的纯情》。

故事很老套：外交官的女儿爱上了街头小流氓，然后拼死地要和他在一起，最后双双死于黑社会的乱刀之下。但这片子很有一些动人之处。山口百惠的那个样子，倔头倔脑的，特

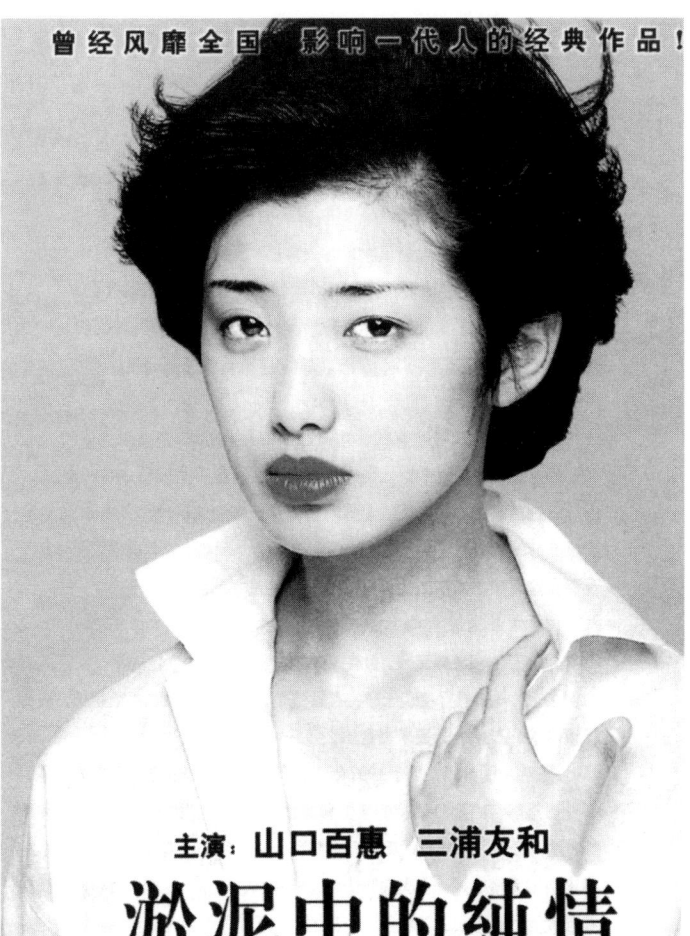

《淤泥中的纯情》

别适合演这种一根筋的女孩，无缘无故地就爱上了一个人，然后就一条道走到黑，直到赔上性命。三浦友和在这片子里可能是他最好的角色了。他长得太端正，气质也非常正，加上本身不是那种灵光四射的演员，他饰演的很多角色都有点帅呆了——又帅又呆。但在《淤泥中的纯情》里，他的表演在他的平均值之上。他依然漂亮、干净、衣冠楚楚，但说话、举止都很粗俗，眼神孤愤冷漠，和角色的要求很合拍。

《淤泥中的纯情》拍于1977年。我有点惊奇的是，它并没有这类题材影片通常都有的那种幼稚的憧憬和廉价的煽情，它的基调相当清峻和冷静。从一开头，小流氓次郎（三浦友和）就把富家女真美（山口百惠）的追求当成无稽之谈，一次次回绝她。他经常恐吓她，让她走开，他对微笑着看他的真美说："有一次，有个女人冲着我无缘无故地笑，被我打掉三颗门牙。"当真美正式向次郎表白爱意的时候，次郎说："以后怎么办？想和我结婚？"真美使劲点头。次郎说："结婚后我们说什么？一边喝茶一边听我讲怎么把别人的肋骨打断？一边吃饭一边问我刀子捅人是什么感觉？"但是真美就是抱定了这份无缘无故的爱情，跟定次郎不可，将前途、名声、家庭全部抛开了，飞蛾扑火。最后，快断气的次郎对快断气的真美说："叫你不要跟着我，你看……"两人临终前就这么一句话，没有很多片子里音乐大作中两人拥吻哭泣互相喊着"我爱你"，两人死得很清净很干脆，就像这两个人共同的沉默倔强的性格——心知肚明，废话少说。

次郎是真流氓，并不是一个暂时栖身淤泥中的折翼天使；真美是绝对的任性荒唐，为满足一时的浪漫欲望而背弃双亲的慈爱。次郎每一次拒绝真美的话，她都知道是对的，也可以说，这是这个流氓善良的一面，但是，她就是要去爱一个幻象一样的对象，甚至可以说，她向往为这个男人丢命。她是爱，也是刻意找死。

看《淤泥中的纯情》，会再一次体味到青春期的险象环生。回头一看，嘘一口气，啊，我等居然都涉过来了。

2002年9月17日

《千年之恋·源氏物语》

美得不寒而栗

紫式部《源氏物语》第七回"红叶贺"中有一段关于主人公光源氏舞蹈的描述：

"……高高的红叶林荫下，四十名乐人绕成圆阵。嘹亮的笛声响彻云霄，美不可言。和着松风之声，宛如深山中狂飙的咆哮。红叶缤纷，随风飞舞。《青海波》舞人源氏中将的辉煌姿态出现于其间，美丽之极，令人惊恐！插在源氏中将冠上的红叶，尽行散落了，仿佛是比不过源氏中将的美貌而退避三舍的。左大将便在御前庭中采些菊花，替他插在冠上。其时日色渐暮，天公仿佛体会人意，洒下一阵极细的微雨来。源氏中将的秀丽的姿态中，添了经霜增艳的各色菊花的美饰,今天大显身手,于舞罢退出时重又折回,另演新姿,使观者感动得不寒而栗,几疑此非人世间现象。"(摘自丰子恺译本)

《源氏物语》是我经常翻的书,算是案头书了,它是日本文学唯美传统的源头典籍,也是顶峰作品。像上面摘的那一段就很有代表性:因美而生恐怖。这段之前还曾写光源氏的父亲桐壶天皇因为爱子过分的美丽优雅,心生不安,命令各处寺院诵经礼忏,替他消除魔障。

带着这样的理念来观看日本东映为五十年纪念,在2002年推出的巨作《千年之恋·源氏物语》,应该说对它所能呈现出的影像之美是有心理准备的,但是,我还是被它深深地伤害了——从影片开头后不多会儿的一幕开始:冬夜,白雪围绕着蓝黑色的水塘,一朵红梅悄然落下——我的心被这朵红梅砸出了巨响,耳朵里嗡的一声鸣叫起来,隐隐作痛。

在《千年之恋·源氏物语》中,说每一个画面都是完美的,这话一点也不过分。一千年前的日本平安王朝是唯美的盛宴,在无数的帷幔、屏风、格窗、檐廊之中,兜兜转转着一层层繁复艳丽曳地而行的衣裙、拖到脚弯处的长发、雪白的脸、鲜红的唇、细致的眼睛、幽暗中一言不响的爱抚、男人的手依女人背部细腻的肌肤缓缓滑过，还有那清晨踩着晨露急速离去的偷情人的背影……在这一切背后，如果不是阴郁忧伤的歌，就总是像雨点一样落下的樱花花瓣，要不就是深蓝得令人寒心的夜空。

艳与寂是日本文学艺术的魂魄。因为艳，所以寂寞深重；而人生从本质来说就是清寂二字，所以更加需要艳丽的欢情。欢情是鸩，美味无比，饮它是痛快的，痛且快，人生好像就不那么难过了。

《千年之恋·源氏物语》的关键人物是光源氏，他的形象在书中美得出神入化，不可想象。所以，这部电影可能在挑选这个人物的扮演者上绞尽了脑汁。扮演者天海佑希近乎完美地再现了这个天神般人物，令人目眩。我不知道这个天海佑希的出处，我甚至无法判断这个人的性别。天神可能就是中性的，像男人一样的英挺，又像女人一样的柔媚。围绕着这个新人的，是吉永小百合、高岛礼子、松田圣子、常盘贵子、竹中直人、风间杜夫这些人。熟悉日本影视的人当然知道这些名字的分量。

近三个小时看下来，我有近乎虚脱的感觉。片中结尾处，经历一生的艳情之后，光源氏彻底厌倦，只等待着死亡的来临。说来我也应该厌倦，应该是视觉盛宴之后的意兴阑珊；但是，我却有一种莫名的惊惧，想起三岛由纪夫在《金阁寺》里的一句话："我所惧怕的事态业已开始，它甚至比原来所料想的还要糟糕：美在彼而我在此。"

2002年10月27日

后记：我的朋友李澜后来给我来邮件，说到天海佑希以及这部电影。她在邮件中写道："你提到的电影，看了《千年之恋》。影片着实华美异常，源氏的扮演者也只能让中性人物来演，天海佑希是宝冢歌舞团专饰男角的当家花旦——我很喜欢看宝冢的歌舞，平生喜欢的是中性化的美人。一大愿望就是去实地看一场。不过知道天海佑希是女的，看起来就有点别扭。但我也喜欢这个片子，喜欢的是剧外的情结——紫式部和道长的暗恋，还有她和清少纳言的关系——千年之怨。"李澜和我一样，酷爱日本文学艺术；她嫁了一个日本人，时常给我带来一些关于日本文学艺术方面的资讯以及她精彩的评点。我没有见过她丈夫江川君，对她说，想象中，他应该长成木村拓哉的模样吧？李澜说，不，像机器猫。这是另外的闲话了，不多说了。

用针挑土将你埋葬

1958年,日本政府开始全面执行禁妓行动。但是,也就在这个时候,富吉艺妓院的杂佣凉子姑娘决意要当一个艺妓了。她在这里已经待了四年,从一个小姑娘长成了一个清丽可人的少女;四年来,她努力学艺,勤奋劳作,深得艺妓院老板和众位艺妓的喜爱。而在四年里,凉子看多了男女纠葛,也渐渐习得风月场上的奥秘和甘苦。她对艺妓生活不反感,这是前提,但更关键的是,她要为她贫穷苦难的家人挣钱。要成为一个初级艺妓是要花很多钱包装的,所以,初级艺妓必须将处女之身献给她的投资人,这是行规。凉子要献身的对象是一个七十八岁的富翁。

成为艺妓的前一天,老板准凉子的假,让她到她想去的地方看看她想看的人。凉子来到锯木厂，远远地看着她一直默默喜欢的那个男孩。他没有看到她，径直在埋头干活，因为想着用汗水换来的未来值得憧憬，男孩的脸上荡漾着明媚的笑意。凉子含着眼泪微笑着远远地看着，终于，眼泪还是落了下来……

这是日本大导演深作欣二的作品《艺妓院》里的故事和一个情节。笑里含悲，苦中作乐，人生繁丽的盖头和悲凉的底座融合在一起。这是深作欣二的风格。

想想他最出名的作品《蒲田进行曲》，松坂庆子演的小夏，那天真艳丽欢快的面孔，现在想来依然令人心酸动容。

《蒲田进行曲》大概是在20世纪80年代末期引进到中国的，由上海电影译制厂配音后在全国影院公映。那个年代开始进入青春期的人，没有看过《蒲田进行曲》的是很少的。如果是男的，一定对小夏倾心不已；如果是女的，那就难说了，风间杜夫演的银四郎倒是英俊，但太坏了，太痛苦了，还神经兮兮的，很难获得80年代少女的好感（那时候我等的日本偶像铁定是三浦友和，俊美、正义、情绪稳定，虽然现在看来呆了点，但当时呆得恰到好处）。另一个男主角是平田满演的安次，丑、窝囊、善良，关键时候还有一股子发狠

《艺妓院》

的劲，这当然只是一个赞美对象，而不是梦中情人。

没有偶像的一部电影，在我等这种以追美男之星起家的影迷心中，十几年来还印象深刻，完全归功于深作欣二的作品风格。《蒲田进行曲》的题材很吸引人，演艺圈中的事，明星（银四郎）和龙套（安次），明星的女人——怀了身孕被抛弃但依然痴心的小夏，安次和小夏。这几个要点组合在一起，一场浮生如梦的好戏就立住了。深作欣二把这部电影的面拍得嬉闹、喧嚣、夸张，还有一点点愚蠢，但在这部电影的底里，他给了观众酸楚难当的泪水和无所适从的悲凉。

在东方，悲喜剧题材的电影，在我看来日本拍得最好。这跟他们的民族特点是一致的：悲欣交集，这是个习惯将悲与喜混合在一起一并饮下的民族。在这类电影中的佳作，就有《蒲田进行曲》，也有《艺妓院》。

看凉子在锯木厂含笑落泪而去的那场戏时，我难以自持。她这就和他永远告别了，这么远远地看上一眼，然后，在自己的心里挖出一个墓穴来，把这温暖的一眼垫在最下面，把他平放在上面；从此以后，用针挑土，一天一天一点一点地埋葬他。

常言说，"女人心，海底针。"这根海底针其实就是这个用途。成为艺妓后的凉子不叫凉子了，她叫奥玛查。她艳丽得像个偶人，被无数的男人觊觎、观赏、占有。她看上去像是非常静谧而轻快，但只有她自己知道，那个他究竟被埋葬到什么程度了。

我还记得《蒲田进行曲》的结局：小夏生下孩子，安次和朋友们围着她和婴儿欢呼，突然，屏风轰然倒下，镜头拉开，露出片场的全景——这么美好的结局，不过是一出戏罢了。深作欣二不作任何完美的假设，他把人生残酷的底子兜给你看。《艺妓院》的结尾也是同样的味道，画面华丽得如一幅活动的浮世绘，艳名如帜的奥玛查欢乐地舞蹈着，但人生还是那个底色——坟场的颜色。

2002年12月30日

《御法度》

对生与死的双重轻蔑

大岛渚的影片《御法度》的结尾是这样的：春天的夜晚，细雨如沙，远处传来人被杀掉时那一瞬间的惨叫声。土巴（北野武饰）拔出剑来，悲怆地呢喃道："木村，你太漂亮了。"剑一挥，一棵开得极盛的樱花树被斩断，徐徐倒下。

这个结尾有一个悬念。是"太漂亮了"的木村平野被风子杀掉了，还是风子被木村平野杀掉了？应该是木村被杀掉了吧，他一向不是风子的对手。

1865年，日本最后的幕府时期。一个武士团队里来了一个新成员，叫作木村平野。他漂亮得眩目，有着男性的挺拔英武，但又有女性的精致美丽。武士们看他的眼神全都有了内容，其中包括跟木村一同新来的佐藤西治。很快，佐藤成了木村的第一个情人。在以后的日子里，木村成了很多武士追逐的对象。他们为争夺木村而妒火燃烧，杀心旺盛。有人死掉了，也有人被袭击。武士头目土巴对木村说，他认为这是佐藤所为，让木村杀掉佐藤。木村毫不犹豫地接受了命令。土巴告诉木村，他将和助手风子躲到一边观看。

这就到了影片结尾的那一部分了。

夜里，雨中，木村和佐藤远远走来。木村突然拔出剑来向佐藤刺去。佐藤惊愕中拔剑应对。打斗中，木村大声宣布佐藤的罪行：因为你暗杀和袭击，所以要处死。佐藤大叫：暗杀和袭击都是你做的事情，是你故意陷害我。躲在暗处观战的土巴和风子听到这样的对话面面相觑，不知究竟。

渐渐地，木村处于下风，他的剑脱手了，脚下一绊，跌倒在地，佐藤的剑刺向他的喉咙。木村低声说道"原谅我……"，那神态娇媚万分，欲仙欲死。佐藤被木村的媚态击中，一闪神，松了手上的剑，被木村夺过，转手刺穿了佐藤。然后，木村站起来，又在已经死掉了的佐藤身上猛刺几下。

木村走了。这边土巴和风子互相嘟囔道："他刚才对佐藤说了什么？他究竟对佐藤说了什么？"

木村的残忍应该说大大出乎土巴和风子的意料。他们很震惊，同时感觉到非常危险。这就是风子要去刺杀木村的原因。其实，土巴和风子在这个夜晚之前已经倾心木村很久了，但直到这个夜晚，才让他们觉得有要发疯的感觉。他们都知道，必须要除掉这个尤物，这个祸水，才能让自己的神智恢复清明。

《御法度》的美学原则说来跟三岛由纪夫的著名小说《金阁寺》如出一辙。因无法抵达彼岸之美而萌生毁灭之心。金阁寺因为太完美了而被烧掉了，木村也因为过分美丽惹来杀身之祸。

但是，木村的美是没有善意的。这是个被恶缠绕的美少年，他的残忍铺展在他完美的五官、肌肤和体型之下。第一次作为新手杀人时，木村的眉头都没有皱一下；土巴在一旁想："他肯定是杀过人的。"当被人问起为什么要当武士，木村说："因为想拥有杀人的权力。"而到最后，他杀掉情人佐藤的手法，终于让杀人如麻的土巴和风子都不寒而栗了。

我们在《御法度》里找不到任何关于木村身上那种恶的缘由。

三岛由纪夫曾经在一篇随笔里谈到古罗马雕像"安提诺

乌斯",他写道:"眼前的这尊雕像是这么年轻而有朝气、这么完美、这么声誉卓著、这么健美的肉体,内里蕴含的难以言喻的阴暗的思想,是通过什么途径以至可以潜藏起来的呢。说不定只是这个少年的容貌和肉体就像阳光似的光辉灿烂,从而浓重的阴影自然地接踵而至。"这段话,用来解读木村平野这个人,倒是很贴切吧。因为没有答案,这就算是答案吧。

三岛由纪夫的美学原则和无意中的人物解读,都和大岛渚在《御法度》中的创作理念吻合在一起。如果说,大岛渚很受三岛由纪夫的影响,这应该是说得过去的。这两个日本男人,分别在文学和电影两个领域里,袒露了他们那种决绝的怪异的充满了唯美精神的人生观和艺术观。

木村的扮演者是松田龙平。他在这部影片中没有任何笑容,神态很像他的父亲,松田优作。我们很多人对他的父亲应该记忆深刻——电影《人证》中男主角,那个追捕八杉宫子的警官。松田龙平承袭了他父亲那种冷漠疏离的气质,但是,他的长相比他父亲柔美了很多,几乎完全成为一个中性人。这种中性的美貌是没有人味的。

世间有一种肉体之美,充满了对生与死的双重轻蔑。如果放在人性的角度看，它既在人性的底部，也在人性的顶部。顶就是底，底就是顶。这一点，可以在松田龙平扮演的木村平野身上找到。另外，我觉得还可以在现实中的另一个木村身上找到一些碎片般的印象，这个木村，叫作木村拓哉。

2003年1月8日

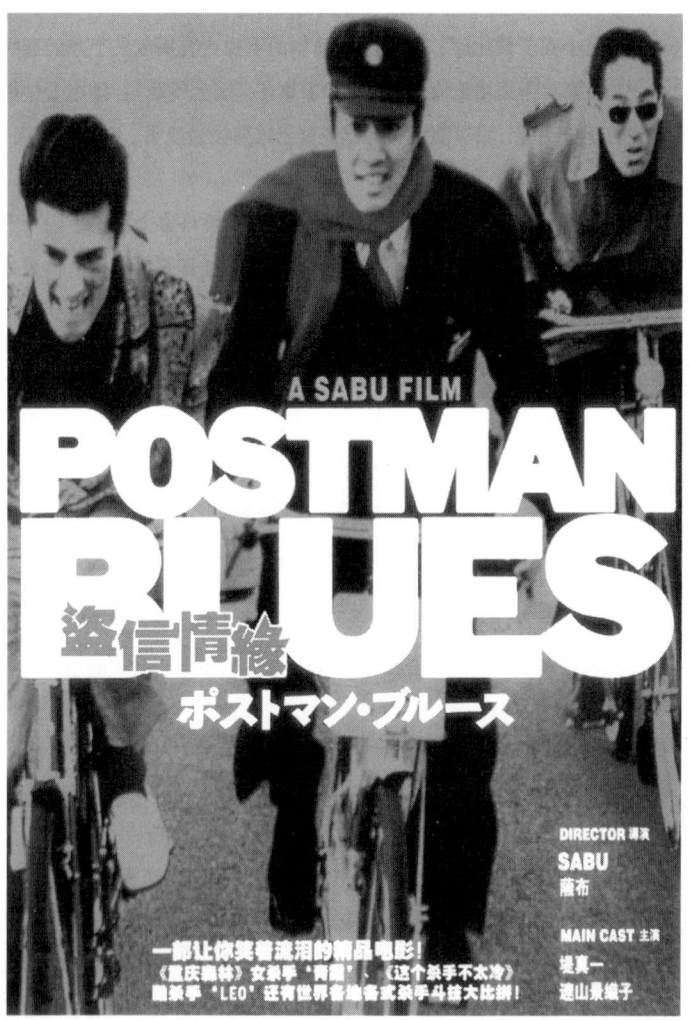

《盗信情缘》

笑，笑人生致命的错误

好几年前就听说了日本电影《盗信情缘》，说的人说来说去只有一个词：经典，并附以那种好片观止无话可说的表情。我不知道这个"经典"是什么意思。电影史上有多少"经典"可以把我们闷死？也可以说，我们就是从好些"经典"的憋闷中逃生出来的，现在终于有了那么一点点道行来享受电影。

后来看过一点点关于《盗信情缘》的文字，那上面的中心意思说——这是一段浪漫而残酷的爱情。这样的说法无法引起我的好奇。有些爱情题材的电影我会这样评价——因为那份太傻的浪漫而使得我们浪费了时间，残酷地对待了自己。

《盗信情缘》是1997年的作品，如果存心想找的话，当然早该找到了，可是没有这份心思。到了2003年过了春节，才遇到这部电影"新版"DVD，终于看了——

天啦，什么叫相见恨晚！

且慢！说不定我就是被安排成和它在此时此刻相遇的。不晚，无恨，正是时候。早了，也许我理解不了那里面彻底的荒诞、荒唐和荒凉；晚了，说不定我连荒诞、荒唐和荒凉也看穿了，心里再也激不起丝毫波澜。

人生太年轻太饱足太容易意满志得也太容易灰心沮丧，那么，看《盗信情缘》可能会生出一分夸张的愤怒和几分清澈的伤心；但是，如果到了内心安忍、波澜不兴的时候，看这部电影也就什么都看不到了，或者说，就只是把它当作喜剧看了。我觉得自己现在还好，好像正处在一个交界点上。

一个叫泽木的邮递员，一个叫小夜子的患了绝症的女孩儿，一截断指，一个装着兴奋剂的包裹，一个黑社会小混混，一个杀手，还有就是一大帮歇斯底里的警察……构成了《盗信情缘》的元素。

当然要笑的。全日本杀手大赛（居然有这样的比赛？反正《盗信情缘》里有），第一个出场的是杀手"Leon"，他左手抱着一盆植物,右手掏枪射击,全部命中靶心,看也不看,转身就走;第二个出场的是"青霞小姐",风衣、金发、红唇、墨镜,白得像歌舞伎似的脸,先掏出烟点上,然后拔枪射击,也是看都不看全中的靶心,转身就走……对电影熟悉一点的人哪能不笑,"Leon"取自吕克·贝松的《这个杀手不太冷》,"青霞小姐"来自王家卫的《重庆森林》,且用的都是特征造型。

这是导演萨布的噱头。整部影片中,他总是不停地制造噱头,让人忍俊不禁。那个在追捕过程中出现幻觉,以为自己在奥运会上获胜的自行车高手;那个发现"疑犯"未待报告就被警车撞死的警察;那个以为出人头地的机会来了,什么事都不知道就高喊着"让我来"的黑社会小混混野口……这是一部几乎让人从头笑到尾的片子。

主角泽木不知道这些可笑的事情,他什么都不知道。他是一个纯善但有恶习(酒醉时撕别人的信看)的邮递员,一门心思让他心爱的那个女孩——得了绝症的小夜子——有一丝依靠和安慰。他骑着自行车飞跑着,想赶上时间陪小夜子做化疗,却不想,全日本的电视台在播放关于他的通缉令,一大堆警察围追堵截他,其中三个警察还"因公殉职"。泽木心中揣着单纯的爱情飞驰，哪里能想到他已经被当作黑社会成员、毒品携带者、碎尸案连环杀手。

泽木死得很隆重，被无数的警察围住然后被许多个狙击手射杀而死。看影片结尾，可以知道陆川和姜文的《寻枪》结尾是从哪里直接采的气。《盗信情缘》结尾，泽木的灵魂轻轻离开满身弹孔的肉体，疑惑不解，但又非常轻松，这种轻松可以让他把所有的疑惑都抛开，不作追究了。他笑了。

但是，一路笑着过来的观众在这个结尾处可能再也笑不出来了。

如果要说浪漫而残酷，可能就是泽木脖子上那条红围巾了。它随着泽木的飞驰迎风招展，像一种爽朗的笑，却诉说着一个血腥的但不知在何处出现了致命错误的人生。看《盗信情缘》其实会产生惊悚的感觉，一句轻率的话也许会让人万劫不复，一个上错了的门也许就敲响了死亡之钟，谁知道那个致命的错误会在哪里等着我们呢？

2003年2月27日

选 择

有一种说法,说是人死后,过奈河桥,喝忘川水,然后,一辈子的事就都忘了,灵魂也就轻了,可以飞升了。这种说法令人惊惧,辛辛苦苦活了一辈子,全忘了?那不等于白活啦?既然都要忘,那我们那么认真地活有什么意义?何不潦草一点?

所以,日本电影《天国车站》在这一点让人感到安慰。在人间与天国之间,有一个机构,过身后的人们可以在这里待上一个星期。星期一,过身后的人们从大雾中来到这里。这一个星期里,机构里的工作人员不停地给人们做思想工作,让大家选出这一辈子里面一个美好的记忆,然后,录像,像拍电影一样,布好景,打好光,准备好道具,尽量还原出记忆当时的情景；录像带最后在星期天放给大家看，看了，肉体也就彻底消失了，灵魂飞升，进入天国。以后，在天国的日子里，这个记忆将永远伴随着。

因为只能选一个记忆，而且必须选一个记忆，所有的人都犯了难。有的是一辈子过得不错，美好记忆太多，无法取舍；有的是一辈子不堪回首，脑子里全是令自己厌恶的回忆；有的不是不能选，而是不想选，一门心思希望在天国过上一种全新的没有前世痕迹的生活……

《天国车站》是一部古怪的电影。故事本身并不算古怪，最多只是有点玄妙而已；它的古怪是讲述这个故事时那种古怪的态度和手法。就说这个机构吧，叫什么呢？不知道。它像一个被人冷落的福利社，一幢破败的大楼，门窗斑驳，工作人员打着哈欠，搓着手到办公室，互相说早上好天真冷啊。领导发话，说上个星期我们大家都很努力，送走了十八人，这个星期大家还要辛苦点，有二十二人要送走。工作人员就互相递个眼色。过身后的人们陆续来到，登记后到休息室休息，然后每个人分到一个单独的房间。这个大楼电力系统老化了，用电吹风都要短路。虽然没看见这些人吃什么，但倒上一杯咖啡驱寒这种事情是有的。一个八十岁过身

《天国车站》

的老婆婆问工作人员,春天这里好看吗?答曰:好看,樱花开得很好啊。最奇怪的是那个"上路"的地方,跟一间小型的看片室没有区别,人们三三两两坐在座位上,然后"走"了,座位也就空了……

没有一般概念上生死之界的那种迷茫、清冷和神秘,有的只是跟人间日常生活一样的平淡、琐碎和安忍。

看到中间,我们才会在这部电影里得知,这个大楼里的人都不是尘世之人,那些工作人员都是自愿或被迫留下来的,因为他们没有选择一个记忆。这群人中间有一个非常俊美的男子,叫望月,他已经这样工作了五十年了,五十年前他二十二岁时在"二战"时战死,此后一直保存着二十二岁时的青春容貌。他的生活没有展开就结束了,所以,他一直没有选择。最后,他突然发现了自己一直被人深爱着,并找到了自己这五十年来游荡在人间与天国之间辛苦工作的全部意义,于是,他选择了,然后和他这个星期负责的那批人一起离开了这个中转站,平静地进入了天国。

当只能选择一个记忆时,人们会给出一个怎样的答案?有的人选择了夏天闷热车厢里突然吹到了一缕清风,有的人选择小时候伏在母亲腿上那种温暖和安全的味道,有的人选择被围困很久后抽到的第一支烟的感觉，有的人选择驾驶飞机进入云端的那一瞬间。那个八十岁的老婆婆选择了树叶随风飘下落在头上的欣喜，还有一个老人选择了小时候穿着红裙子跳舞哥哥在一旁喝彩的情景……

几乎没有爱情的回忆。这会是人生尽头处的真实吗？说来真是讽刺，人一生很长一段时光为情所困为情所伤欲生欲死地老天荒，真的结束了今生要进入来世的时候，谁都不愿意把这些情感携带着上路，就这么扔下了，犹豫也罢，果断也罢，反正扔下了。

有一个例外。这群过身的人中间有一个四十七岁的女人，怀念她爱的人，想选择和情人幽会的那一晚。工作人员职业素质很高，查出女人所说的那一年的那一晚的那个酒店正在修整，没有营业。女人不好意思，说是早说了四年，因为怕显得太老。工作人员进一步询问细节，好尽可能逼真还原彼时彼刻，女人终于黯然地说：对不起，这不是我的记忆，是我的愿望。真相是，那个晚上，他没有来。

应该说是违反规定的，但是，大家让这个女人带着她的愿望而不是她的记忆上路了。

这部影片给我留下记忆最深的就是这个出场不多的女

选 择

人。她愚蠢得让我感动。她带着这样的一个愿望走的，是因为太不甘心，盼望着有一天那个人会在天国和她相遇。可是，可以肯定，那个人在选择他的记忆时不会选择这个失信的约会，就是到了天国遇到她，也不再记得她了。别人的天国生活都是幸福，只有她依然煎熬。一个人执着一生已是罕事，如此生生世世执着下去，这实在是太恐怖的故事了。

不过，一种情感，连死都不能让人放下，那可能就是跟灵魂合为一体的东西了，那就真的怎么都放不下了。

2003年3月2日

黑色故事与白色故事

三个住在精神病院的孩子：两个男孩，一个叫松毛，一个叫小悟；一个女孩，叫可可。

故事是从可可被拖进精神病院开始的。可可又踢又蹬，使劲扭过头喊："爸爸！妈妈！"爸爸妈妈站在车前，满面愁容，对医护人员鞠躬道谢："辛苦你们了。"

可可被关到病房里了。她随身带的东西都被收走了，漂亮衣服也被收走了，她被套上了病员服。只有她自己做的乌鸦羽毛披肩经和护士的拼死争夺保留下来了。

可可原来有一个双胞胎的妹妹，什么都跟她一样，长得一样，打扮也一样，举止也一样。可可不服气，觉得妹妹是赝品。妹妹也不服气，说自己才是正宗货，说可可是仿冒品。有一天，两人互掐脖子，看谁死掉，死掉的就是仿冒品，这没什么好说的。结果，可可活下来了，然后进了精神病院。可可给松毛讲这场生死决斗时，得意极了。

松毛是杀了老师后进来的。他一直觉得老师迫害他。

至于说小悟，不太清楚他是怎么进来的。他有点色情狂倾向，看见女孩就要手淫。

有一天，三个孩子爬上了精神病院的高墙，然后，他们就沿着墙走了。这个城市居然一直都有不间断的墙，沿着墙，走过街道、草地、公寓、教堂、体育场、广场、商店，一直可以走到海边……可可穿着用绘画颜料染黑的裙子，撑着一把黑色的破伞，披着乌鸦羽毛披肩；松毛扛着一面黑色的旗子；小悟拎着里面什么都没有的食品藤箱。三个人如履平地走在这个城市的高墙上面，在众人惊诧的目光里，像国王和王后一般傲慢地、无暇他顾地走着，有些时候，他们高兴了还奔跑起来。

这中间，一个警察看到他们，知道这就是精神病院报失的三个病人。警察爬上高墙捉拿，却根本无法站稳，这原本

《梦旅人》

就不是常人的路。警察一个倒栽葱跌下墙，卡在墙和一辆汽车之间。松毛用他的旗杆取走了警察的佩枪。

墙上的路似乎也很漫长。下雨了，松毛和可可在雨中接了吻。

小悟贪玩，做了些稀奇古怪的动作，从墙上跌下去，翻着白眼死掉了。

终于，松毛和可可沿着墙走到了海边的灯塔。松毛说，如果射下了太阳，世界末日就到了，大家就都得救了。他向太阳开枪。可可抢过枪来说，我死了，世界末日也就到了。话音未落，她把手枪里的最后一颗子弹射进了自己的脑袋里……

故事结束时，是大海上的落日和在晚霞中漫天飞舞的乌鸦羽毛。

……

这是1998年的日本电影，叫作《梦旅人》。导演岩井俊二。

这是他黑色的故事。

他另外有一个著名的白色故事，叫作《情书》。那里面全是雪，还有和雪一样的看上去清冷洁白的爱情。

前些年我在看《情书》的时候，就知道有《梦旅人》，但一直没有找到这部碟子。待我终于看了《梦旅人》之后，这两部有着鲜明对比效果的片子，就如同影片各自的基本色彩元素一样，鲜明地呈现出岩井俊二内心世界的两面。在白色中，他打量这个世界的眼光是清澈的、伤感的，也是温暖的；在黑色中，他眼中的世界是荒诞的、游戏的、不值得眷恋的。

如果我没有记错，《梦旅人》在前，《情书》在后。也就是说，岩井俊二先是在背面解说了一番人生，然后绕到正面又解说了一番。之后，他就干脆绕到侧面去了，拍出了荒谬的《燕尾蝶》和虚无的《关于莉莉周的一切》。

他是想全方位地解说人生吧？这也许是他的野心，也许是他的造次。

没有人可以全方位地看待人生。这不是人能胜任的工作，这是神的任务。

有一个小友对我说，他最喜欢的导演是岩井俊二。我说，应该是拍《情书》的岩井俊二吧？他问我，你呢？我说，他是我喜欢的导演之一，他是拍《梦旅人》和《情书》的岩井俊二。

我喜欢黑色和白色,前者是我心灵中的秘密,后者是这些秘密散射出来的光。黑色会散射出白色的光吗?是的,会的,我看到了的,因为它发生在我的身上。

2003年4月10日

美与幻灭并肩而行

北野武2002年的作品《玩偶》，服装设计请来了大名鼎鼎的时装设计师山本耀司。一个北野武，一个山本耀司，加上故事梗概告诉我这是一个爱情故事，而不是北野武最擅长的暴力故事，于是这片子非看不可了。

但是，还是一个暴力故事。后来看到北野武自己谈《玩偶》："……正当角色的生活正渐有起色时，死亡却突如其来。他们都没来得及准备。由此看来，我想这才是我最暴力的一部作品……原因是这一回的暴力来得出乎意料。"

这部片子是三个爱情故事串在一起，归结到一个共同的主题上去：幻灭。这是北野武一贯的主题，也是他看待人生的态度。

第一个故事：一对情侣，女人因男人的背叛疯了。男人回头，用一根红线绳将两人缚在一起，走过春夏秋冬，千山万水跋涉回到当年定情的酒店。就在女人似乎清醒过来的时候，两人一起跌下山崖……

第二个故事：黑社会老大年轻时抛弃了深爱自己的女人。当他退出江湖的时候，想起女人说过会在每个周末都坐在公园里的一张长椅上等他。老大决心到老地方去缅怀一番，却惊诧地发现，女人居然一直守着这个诺言，居然穿的还是当年的红裙。老大百感交集，还来不及整理自己的吃惊和感动，却死于仇家的子弹……

第三个故事：男歌迷爱着自己的偶像歌手。歌手因为一场车祸失去了一只眼睛，从此避居海边，不见任何人。男歌迷刺瞎了自己的眼睛，终于得见偶像（这是现代版的《春琴抄》），并与偶像一同漫步玫瑰花田，状甚幸福；却不料，镜头一转，男歌迷仆尸在地，身下鲜血淋漓……

三个故事由"能乐"木偶剧中的一对痴男怨女来起势、贯穿、结尾，故片名为"玩偶"。那对玩偶穿的和服出自山本耀司，男的是灰蓝条纹，女的是红、蓝花色布料交互镶嵌。这两套和服最后穿在了那对红线绳缚在一起的情侣身

《玩偶》

上，他们穿着这两套型号巨大的美丽和服，逶迤在白雪覆盖的山岭上，最后，穿着这身行头遇难。在这个镜头里，远景是初升的红日，近景是皑皑白雪中悬崖下伸出一根枯枝挑着红线绳，一边坠着一个"玩偶"。然后，镜头推过去一个特写，男人眼睛眨了一下，那神情似乎相当满意——此刻，观众的心悲喜交集，这两个人就这么完了？死得这么诡异，这么美？是完了，字幕打出"谢谢观赏"，然后，工作人员字幕徐徐上行。

一下回不过神来，真的就这么完了？

在《玩偶》里面，山本耀司是非常耀眼的。红线绳情侣走在春天漫山遍野的樱花里，这时他们的衣服是白和橙黄；走在夏天的海边，着的是青绿衣衫；走在秋天的红叶里面，男人的深灰和女人的深红，前者是悲伤之爱的底色，后者是这底色上用力的一个吻；到了冬天，雪中的这对情侣舞台化的和服，是爱和死的礼服，让人尊崇。

在《玩偶》里面，山本耀司的服装设计特意脱离常识的要求，而是延续他层叠、悬垂、包缠等惯用的手段，强化了北野武这部电影所要求的恍惚、突兀的感觉。他的服装在那些令人屏息的绝美的镜头里，是一种彻底的沉溺，也是一种彻底的超脱，这中间，美与幻灭并肩而行，姿态从容。

看到黑社会老大被仇杀的那一场戏时，我惊讶地发现，一向用电视新闻手法表现杀人场面的北野武却止于一支枪伸向老大。我长舒一口气。说实话，每次看北野武，他的暴力表现这个问题事先总是让我有点心里发毛。他的很多片子里有相当刺激的血腥镜头。北野武这回真的变了？不，不完全是。接近结尾的时候，我还是看到了大量的鲜血——男歌迷倒在一大汪鲜血之中。然后，下一个镜头更难受——清洁工用水龙头冲洗地上的血迹，那血很浓很稠，用的是特写镜头，看得心都抽紧了。

读到香港影人叶念琛写《玩偶》的一段文字，那也是我看到冲洗镜头时的心情。他写道："……片里的一幕，瞎了的影迷刚探望完偶像，在马路上用口琴吹起偶像的一首轻快曲子。转过镜头，他却陈尸在血泊里。医护人员后来用水洗涤地上的血迹——同样悚然心疼的场面，又发生在4月1日。电影和现实，在最接近的一刻，竟是如此让人措手不及，也心如刀割。我终于明白北野武所说的暴力，来自无常。"

2003年4月25日

《寻找小津》

寻找小津

维姆·文德斯的声音真好听。很低,但很清晰,像一把音色非常好的贝斯。其实这么说是不太准确的,最好的乐器也比不上最好的人声,但反过来说,很多乐器比很多人声好。

文德斯的声音出现在纪录片《寻找小津》里面。他是导演、摄影和旁述。在这片子里面,文德斯用德语喃喃自语,我看着中文字幕,把他的声音当作一种音乐来听,沉溺其中。这个时候,影像本身已经不重要了。《寻找小津》是杰出的导演文德斯写给伟大的导演小津安二郎的一封私人信件,信笺是文德斯1983年在东京捕捉的影像,然后,文德斯将信的内容念出来。念这种信,语气总是温柔而迟疑的,竭力掩饰悲伤。

人们总是有给自己爱慕的人写信的冲动。如果爱得太深，信的内容总是旁顾左右而言它的，有一种对表达是否准确清晰的疑虑阻碍人们直接的表达。文德斯1983年在东京，尽量捕捉小津作品中的那些元素来怀念他在电影上的"父亲"小津——列车、老人、孩子、东京街道的夜景，还有樱花树下人们快乐地推杯换盏。但这一切已经不是小津的东京了，城市的享乐麻痹替换了小津时代的清寒自省，由享乐麻痹带来的寒冷孤独，也取代了小津时代温暖的人际关系。

在文德斯的影像中，"弹子游戏机"的场景尤其让人感觉复杂。很多很多老人，坐在本该小孩和年轻人玩的弹子游戏机前，眼神呆滞地玩着这种只需要运气的游戏。这种场景让人看上去非常难过。一个人干着不符合自己年龄或性别的事情总是让人难过的，比如我们看到童工，看到女人在矿井里干活，看到男人绣花，再就是看到老人坐到弹子游戏机前。但文德斯许可了这种情形，他说，"弹子游戏中有一种催眠的作用和随之带来的莫名其妙的幸福感"。

也许，真正的幸福感总是有点不合常规的。也许吧。

《寻找小津》里访问了两个老人，一个是演员，一个是摄影师，他们都跟随了小津安二郎很多年。他们面对摄影机回顾了自己在跟小津一起工作的那些岁月里是如何受惠的，如何因为这些惠顾而获得了幸福感。他们说到最后都流泪了。摄影师说，"小津去了后，我对工作就丧失了热情。我这一辈子只为他付出，也只愿意为他付出。"

很早就听说了小津的墓碑上没有名字和题词，只有一个"无"字。在文德斯的影像里，我看到了小津的墓，青石筑就，非常简朴，可以用水桶一遍一遍冲洗。文德斯在这里的旁白里，读了日文发音中的"无"。日文发音的"无"和中文发音的"无"很接近，在文德斯这个西方人读来，基本上就是字正腔圆的中文的"无"了。他一遍又一遍读着这个"无"字，让我想起了文德斯的《柏林苍穹下》中那个观察细微的天使，也是用一种"无"的眼神观看着黑白的柏林。"无"，无论是在中文还是在日文中都是闭口音，发出的声音都是低沉的，无法高亢嘹亮的。我现在也越来越有一种感觉，很多闭口音很有力量感，它们接近于沉默。

2003年7月1日

《城市小调》

MAYBE, MAYBE

　　1989年,维姆·文德斯拿着35mm的摄影机,从巴黎到东京,又从东京到巴黎,来回几趟追踪拍摄时装设计大师山本耀司。这部片子叫作"城市小调"。整部片子,文德斯把显示器一直置于画面的一个角落里,像在告诉观众,这就是他的一只眼睛,通过电子设备修饰过的一只眼睛;画面本身则是文德斯的另一只眼睛,跟景观本身直接联系。这样的双重视角,让《城市小调》呈现出一种分离的效果,让通过电子设备观看这部影片的观者有一种轻微的慌乱感,甚至有一种造次的感觉,仿佛我们自己用了第三只眼睛介入了一个秘密的场所。我们原本不想知道什么秘密的。或者说,我们只想知道一些公共的秘密,比如时尚的要诀,但并不想贸然进入时尚领袖的内心。

这部片子由山本耀司和维姆·文德斯共同制造出来一种气质:平静、安详、鲜艳、隐忍、忧伤,以及虚无。山本耀司本人拙于言辞,但他面对文德斯的镜头,似乎有一种不能自控的倾诉欲望。于是,在巴黎寒冷的早晨,在东京工作室的桌子背后,以及台球桌前,山本耀司都在努力用语言来提炼和归纳自己的思绪。很显然,这不是他所擅长的,他所擅长的是另外一种表达方式:服装的材质、结构、色彩。他习惯用针线和剪刀这个手段,而不是讲话。于是,山本耀司面对镜头时,有点恍惚和不安,这种恍惚和不安像一种底色,把他沉静睿智的特质完全衬托出来了。他在镜头前迟疑,停顿,努力地寻找一个合适的词汇,时不时愣住,发呆,微笑、含羞,脸上是转瞬即逝的欢快和忧伤,交替出现,就像他时装设计里一个重要理念:大面积的深色里面,总有如同霓虹灯一样娇嫩鲜艳的色彩,随着模特儿的走动、转身,不动声色地荡漾出来。

一直特别喜欢文德斯那些关于城市的镜头。在他的《柏林苍穹下》《德克萨斯州的巴黎》《寻找小津》以及这部《城市小调》里,都有这样的镜头,像一个呼吸均匀的智者，微微激动微微伤感地看着一座城市：高架桥、夜间的车河、路上满怀心事匆匆走着的行人、大幅广告和招贴、天空中像梦游一样缓慢飞行的飞艇……文德斯的城市镜头总有一种"隔"的感觉，这是由一种内心的复杂所造成的，既不能投入，也不能超然，悬置在那里，茫然而凄惶。这就像面对一种情感，不知道如何定义。是喜欢吗？但不像喜欢那么轻松。是爱吗？为什么又没有幸福的感觉，这里面为什么还一直伴随着一种深深的疲倦？

《城市小调》里出现了很多次墓地的镜头。山本耀司说，"未来？我没有未来。我不信任未来……我希望早点老，早点把这一切结束掉。"在那些关于他工作场景的镜头之后，山本耀司微笑着说："很开心。专心工作让人很开心。"他还说：" 我是哪里人？我出生在东京，工作在巴黎。我喜欢这两个城市。我是东京人，也是巴黎人……我就是一个裁缝……女人？女人很奇怪的。女人很成熟，当她们穿上高跟鞋的时候，我觉得她们都比我大……这个世界是属于男人的，于是我想对女人们说，我能为你服务吗？"我非常喜欢这些话，也喜欢那些墓地的镜头。我觉得我能懂山本耀司的意思，也能懂文德斯那些切换得好像特别突兀的镜头。我觉得现在的自己能懂很多模棱两可的话，反而是那些看似清晰准确的表述让我不信任。山本耀司的谈话过程中最常出现的词汇就是"Maybe"，Maybe，Maybe，优雅、美妙的词，让人安心的词。相比之下，"Of course"真有点粗鲁，还有点愚蠢。文德斯的魅力也在于这一点，他一直是个坚持讲述Maybe的人。

2004年1月11日

化石般的纯爱故事

好些书影对照的作品,都是先看的电影,再去看书。市川拓司的《恋爱写真》也是这样。

市川拓司的小说系列,以《恋爱写真》为代表作,另有《Separation》《现在,很想见你》《如果世界下雨了》等,被称作"化石般的纯爱故事"。就我读过的《恋爱写真》来说,其特点为无性的纯情之爱。为保持这种不食人间烟火之情感的永恒性质,结局是以死亡为代价的。

纯爱故事对于少年读者来说,那几乎是百发百中的,犹如琼瑶之于中国少男少女的效果。这是市川拓司风靡日本的原因。跟他前后差不多时间并产生相同效果的中文小说,也是诞生于网上的《第一次亲密接触》,其女主人公轻舞飞扬跟《恋爱写真》里的女主人公里中静流一样，因夭折而永生。这种故事总是能最大限度地调度出读者憾惜的痛感。

如果成年人来读纯爱故事的话，故事本身的质地是过于苍白和浅陋了。这个时候，要求的是小说本身能有足够的精致，能够在其语言层面上构成把玩的美感。《恋爱写真》正是这样的一部纯情小说，对话、场景、叙述节奏、提炼人物某一处古怪但不失可爱的特点的手法，都堪称精致好看；比如，里中静流在二十一岁时因爱情的来临才开始身体发育，几年之间从一个幼女的模样脱胎换骨为一个性感女郎，这个构思很有魔幻味道，才气非凡。

奇怪的是，根据小说改变的电影居然跟小说本身差别那么大。小说是个纯情故事，虽说是个三角恋，但并无让人紧张的张力，人性美好，周遭温暖。电影扔掉了三角恋这一结构，把情节推动安置在一对情侣之间，并在影片的后半部分将故事扭转为带有凶杀悬疑的味道。

电影是由堤幸彦导演的，主演广末凉子和松田龙平。这两个演员的选择就和小说本身的纯情基础有着相当的距离。在日本当下的偶像级演员中，广末凉子和松田龙平都不是太正常吧。前段时间有媒体报道广末凉子神经又出了问题，在

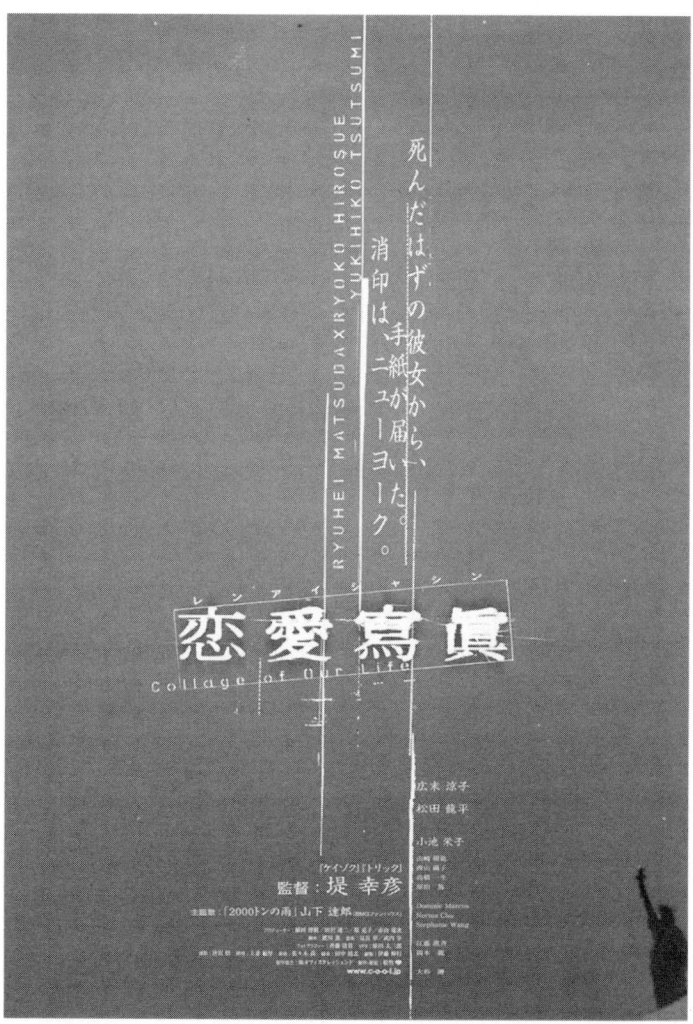

《恋爱写真》

公众场合举止怪异；至于说松田龙平，从《御法度》开始，就一直保持着一个无比俊美但让人难以接近和爱慕的凉血姿态。但这两个人来演绎人生常见的疏离和遗忘，还是很有说服力的。而事实上，广末凉子所扮演的里中静流和松田龙平扮演的濑川诚人，他们那种有些怪诞的爱情在电影里显得更有质感更有一种力量；当然，电影较之小说来说，本质没有变，还是一个化石般的纯爱故事。

有时想，对于情感这东西来说，使之连接并使之延续，甚而彻底缠绕在一起的，必定不是什么一般意义上健康的人格能够完成的。所谓健康的人格，过于圆满，没有太大的窟窿，也就难以深刻地承接另外一个生命的汁水，当然也就无法达成一种深刻的人与人之间的亲密关系。亲密关系的核心其实包括了太多负面的东西，比如伤害、比如痛楚、比如背叛、比如毅然决然，甚至比如永别。

在电影《恋爱写真》里有一个细节很好，很有才气，这是小说里没有的，是堤幸彦的才气。里中静流初次到濑川诚人的公寓做客，两人边吃橘子边迟疑地说话。静流站起来，告别。诚人嗫嚅着说：还是应该再待一会儿吧。静流问：那什么时候走呢？诚人说：至少得吃完这些橘子吧。镜头随着静流的视线转向屋里一大筐橘子。

在诚人的话外音里,我们知道静流第二天就搬到了诚人的住处。我们还看到,橘子很酸,他们吃得很慢。待橘子终于吃完,他们也分手了。而且,是永远地分手了。如果,当初冥冥中有声音告诉诚人:别提什么橘子啊,吃完这筐橘子就是永别啊……哦,我们大家都希望冥冥之中有声音告诉我们未来的事情,指点我们如何规避,哪怕规避的就是一些橘子,这也会让我们慎重起来。可是,没有啊!

还是不提什么橘子了吧,这些命运的道具说来让人心悸。只需要强调一点:影片在技术层面上也是很棒的,只是,体质敏感的人最好还是不看为妙。

2005年7月11日

《东京铁搭》

梦中之梦

早些年,看《失乐园》,看到黑木瞳,吃惊。我把吃惊的理由对朋友说过,我说,那种又贞洁又放荡的女人,黑木瞳简直可以说是代表。其实,我言下之意就是,这种女人,无论是在男人眼里还是在女人眼里,都是标准的尤物。一味热辣惹火的,一味贤淑典雅的,都显得滋味单薄,尤物其实就是猜不透的、人前人后截然不同的、没人知道底牌(也许根本就没有底牌)的那种人。当然,我说的是黑木瞳的银幕形象。在生活中,据说她的公众形象是很固定的,除了是一个出色的女演员之外,还是一个幸福安详的妻子和母亲,十几年的婚姻固若金汤。

我对黑木瞳2005年的新作《东京铁塔》是有一些期待

的。看了后，对影片的感觉和对黑木瞳的感觉，恰好就在我的期待值的那个点上，不多也不少。黑木瞳的电影作品并不多，《东京铁塔》之前，《失乐园》《感官新世界》是其作品中著名的；这些不多的作品里，黑木瞳演绎的几乎都是那种外表安详内心狂热的角色，素净的面孔和静谧的气质，但骨子里有一种不安分的东西，很动人。这种动人是属于纯粹的东方审美式的，没有形体上大开大合的东西，演员的表演集中在面部表情的微妙变化上；从这一点上说，黑木瞳的控制能力很好，这使得她拥有一种神秘微妙的感染力，不直接，但有通透的能力。

前不久，好莱坞的四十二岁的黛米·摩尔和比她小十五岁的男友阿什顿·库切拉埋天窗，让很多人吃惊不小且感慨不已：年龄差距那么大的"姐弟恋"居然都修成正果啦？在《东京铁塔》中，黑木瞳和冈田准一演出的恋爱双方的年龄差距更大，二十岁，基本上已经是"母子恋"了。除了年龄差距更大之外，人物关系还更为复杂，这样的一对人物要在结尾处呈现出一般言情片所要求的圆满结局，其讲述难度应该说要更大一点。从江国香织的原著到该片编导的重新演绎来看，这个过程以及结局还比较有说服力，作为一部言情片来说，它是成立的、美好的、赏心悦目的。这中间，黑木瞳的形象和表演功不可没。

《东京铁塔》这个故事，如果不放在一个言情片的框架里去讲述的话，其实是一个很残酷的故事。清水（黑木瞳饰）是一个四十一岁的美艳的中年女人，被丈夫宠爱和供养，有家庭没孩子，有大把的时间和大把的钞票；阿透（冈田准一饰）是一个二十一岁的大学生，十八岁开始和清水成为情人，之后的三年，他的全部世界完全归属清水，无力自拔也不愿意有任何改变。唯一的改变是，阿透逐渐强化了对清水的占有欲望，之后涉及的一系列事件都与此有关。这中间，这部电影强调的是这两个人之间的爱情。是不是爱情呢？在影片中，是的；放到影片之外，我们谁都不敢这么判断。如果放在生活中，清水这样的女人，背叛丈夫、背叛家庭，勾引朋友的儿子，哪怕这中间真的是从爱情这个角度出发，也是不可饶恕的。片中阿透母亲泼到清水脸上的那一杯酒，这种表现方式显然比较浅显了，它没能充分表达出一个母亲的绝望和仇恨。爱情这东西，发生在不应该的时候，发生在不应该的人之间，是不成立的、不被允许的，甚至是不可以拿出来商榷的；此所谓理不容情。

梦中之梦

我之所以反复强调这是一部言情片，就在于，它跟生活完全没有关系，它是一种被描画被涂抹后的图画，它描画的对象和涂抹的底纹，不是生活。如果说生活中的故事跟它有对照的话，那也是一种概率非常小的例外。生活中的常理就像片中一段台词所说的，"男孩子为什么喜欢年纪大的女人？""因为她们的性能力和经济能力都比较好。"所以，我们可以对生活中发生的黛米·摩尔和阿什顿·库切的结局感到惊讶，但对片中黑木瞳和岗田准一的团聚，则只能报以一种文艺化的微笑了。还不能说它是梦，我想很少有女人做这样的梦；但它很像梦，像一个不可思议的艳梦；或者说它像一个梦中之梦，不用醒来，在梦里我们就知道自己在做梦，而梦中之梦，是没理由不圆满的。

2005年10月25日

春色堆砌寂灭之路

他是个怪物，一个老怪物。他住在东京，永远戴个盲公镜，谢了顶，两鬓残存的头发固定成上翘的形状，像两个猫耳朵。他很矮，肚子圆鼓鼓的，喜欢穿街边男孩穿的那种闪光面料大花图案的无袖T恤。他总是哈哈大笑，笑声中间还发出古怪的啸音。他是老光棍，身边围绕着无数各个年龄层的女人，或美或丑；不过他都夸她们漂亮。他说他崇拜女人。他有很多相机，经常用的有五个，他用不同的相机拍天空、街道、孩子、行将凋谢的花，更主要的是，他拍那些成为他的标签的色情照片。他是职业摄影家，现在已经是世界级的大师摄影家。多年来，他的色情作品让无数人尖叫、亢奋，也让很多的评论家以及观众头痛，其作品意识之大胆之淫秽之古怪和不容置疑的高超的艺术价值融合在一起，让人不知该怎么剥离剖析。

他有一个很诗意很悲伤的名字，叫——荒木经惟。

美国导演Travis Klosede在纪录片《迷色》中，记录了这个谜一样的荒木经惟。片子里，有不少效果很趣怪的色情照片的拍摄现场，还有一些荒木和友人在一起吃饭喝酒的场景。荒木对着镜头哈哈怪笑，说好多让人一愣的疯话，他把着他伙伴们的肩，亲吻他那些当模特儿的女人们。他显得很快乐，像个没有长大的顽童。出镜评论的嘉宾中有北野武和比约克，他们都盛赞他的天才，他作品的想象力和冲击力，他们也说他是一个怪物，还是一个天真纯洁的人，一个无比享受工作的人。我们在片中看到了他那些在世界范围里引起女权主义者极大愤怒的"捆绑的女人体"的拍摄现场。他那些模特儿对着镜头说他温暖纯善，在他面前女人非常放松非常快乐，还很有安全感。

复杂、斑斓、迷色、无法辨析，这就是荒木经惟。这也是他获得世界级声誉的原因所在。在看《迷色》之前，我看过他的一些作品，从网上、杂志上，还有他的一些作品集。他已经出版了两百多本作品集了。这个数字可以说明这是一个彻底的工作狂,如果工作不是快乐,他不会有这个产量。

荒木显然很清楚他的作品给观众带来的美和淫的双重冲击以及混乱的感觉。他说:"春色堆砌寂灭之路。"他继承了日本江户时代春宫画的意境和传统,画面极度唯美,有强烈且单纯的肉欲之欢,而其背后则是浓重的人生阴影,是那种万物归一的寂灭感。这是典型的日本式的人生观。从这个角度讲,荒木的确是一个彻底的日本艺术家,他本人带给周围人的感觉也是出于他作为一个日本艺术家的纯粹性,那就是总是通过艳丽的画面窥破人生的底色。

我本人对荒木的好感中,还有一个很重要的因素是他的故事。嬉闹玩世的怪物老头荒木的身上,有一个令人动容的故事。这个故事我最早接触是通过竹中直人导演并和中山美惠主演的电影《东京日和》。一个清淡感伤的爱情故事,其原型就是荒木经惟和其妻子阳子的婚姻岁月以及荒木陪伴阳子走过她病逝前的那段日子。在《迷色》中,荒木翻着那本关于阳子的写真集,面对几十年前的往事,他说,"婚姻是一场感伤之旅","我们每个人在这个世界上都很悲哀"。老头这个时候是凝色的,收敛了笑容。片子中有挺长的一段是这样的:荒木一幅幅翻着照片讲——缩在小船船舱里睡着了的阳子,"啊,这是我的代表作。她多美。她睡着了,因为前一天我们做爱做得太狠了,累成这样的,呵呵。"……病床上的阳子,"我握着她的手。她快要走了。"……一个拿花的人投在地上的影子,"我买了花,花还没开。我很急,从小路往医院赶。她的情况很不好。那天阳光很好,我看到我和花的影子,就拍下了。她就是那天走的。花本来没开,到她慢慢走的那几个小时,花慢慢在开,她真的走了,花也全开了。我把花放进了她的棺木。"

其实,我写下的这些带引号的话并不一定是影片中荒木的原话,但我就是这样记下来的,然后我写下来。这是我的感动。荒木说:"可以不通过语言交流的,我相信这个。"是的,荒木的语言就是镜头。比约克在影片的访谈中多次感叹荒木镜头下的妻子阳子,她说,"他很爱她。永远都爱她,这一眼就可以看出来。"是的,我们都看出来了,不需要他说什么。

2006年1月10日

天气和煦,视而不见

"天气和煦,视而不见"这个标题没什么特别的意思。它是日本电影《春之雪》中女主人公随口念出的俳句。我喜欢,觉得有一种不由分说的妙意。

有一种电影,还没有看,就有一股气息透出来,然后我就知道我会喜欢。这也是不由分说的。比如,看《春之雪》之前,就知道它就是我喜欢的那种电影。

首先,也最重要的是,它是由三岛由纪夫的同名小说改编的。《春之雪》(一般就译为《春雪》)是我最喜欢的几部日本小说之一。我喜欢它整体的唯美气氛中复杂的人性刻画,像我喜欢某一类工笔版画,刀痕准确深刻,但画面安详静谧,并不显现丝毫的疼痛感。其实,当然是疼痛的,但疼痛在沉静之中。

其次,电影《春之雪》里有几个值得事先就给予信任的元素,这中间排在首位是摄影李屏宾。导演行定勋邀请了曾经为侯孝贤、王家卫、陈英雄等多位亚洲大导演掌镜的李屏宾,一定是想最大可能地还原三岛原著中精致唯美的画面感;而之前,李屏宾在《海上花》《最好的时光》《花样年华》《夏至》等作品中的表现,已经被称作是"绝美影像"的一代宗师了。就我的电影观后感来说,无论是行定勋还是李屏宾,他们达成了初衷——这部电影影像之清丽之精致,堪称上品。

关于三岛由纪夫的《春之雪》,要想改编拍摄的人很是不少,据说科波拉和陈凯歌也都曾经想拍。现在它由行定勋在三岛去世三十五周年(2005年)搬上了银幕。

这其实是一个情节简单的爱情故事:20世纪初期,两个日本贵族青年,松枝清显和绫仓聪子之间的情爱悲剧。情节虽说并不复杂,但其内在张力以及小说文本的高度精美,另外,还有三岛由纪夫本人的传奇效应,使得将这部小说影像化成了某种仪式了。行定勋可以说是中规中矩地将这部小说搬上了银幕,这种规矩的举止对小说来说是尊敬的,不造次

《春之雪》

的,但同时也通俗化和简易化了,它在人物的复杂性和穿透力方面,都显得有点温暾。说得严重点,电影《春之雪》拍成了一部言情片,一部很好的言情片。而小说《春之雪》中那些关于人性的欲望,关于禁忌之甘美,关于触犯禁忌之后的破败凋敝,这些主题几乎很少或者说很浅地在电影中展现出来。这也是那么长时间以来那么多导演渴望改编这部作品但又踯躅不前的一个重要原因——这部作品在一个简单轻巧的外壳下面包含着非常大的难度,而这个难度对于电影的讲述方式来说尤其艰难。

我很注意看电影里如何处理清显在得知聪子即将成为治典王王妃之后的表现。这在小说中是一个转折点。在这个转折点上,清显明白了他为什么如此渴望那个本来可以非常顺利地成为他的恋人甚至他的妻子的女人;他放弃了她,然后在她即将嫁入皇家的时候拼命争夺她。这就是三岛美学中的一个核心:禁忌之美。另外一个男人的存在,以及这个男人不可冒犯的高贵身份,使得清显陡然发现,"所谓优雅就是触犯禁忌,而且是触犯至高的禁忌"。此刻的清显,在决定去触犯至高禁忌的极度兴奋中,通过肉感确认了自己的感情。当然,在电影里,这一点是很难表现的,只好把这种典型的三岛式的黑暗美学思想转化成一种明朗的浅显易懂的方式，也就是让爱情统领一切，包括肉体之欢。

看改编名著的电影，还有一个通例，那就是看被具体化的人物跟我们想象中的那个人物有几分恰当，就像我们会非常挑剔林黛玉和贾宝玉的扮演者一样。小说《春之雪》中，男女主人公清显和聪子都是绝顶俊美的人物，尤其是清显眼中的聪子，更是一个气韵迷离妙不可言的美人。究竟怎么个美法？三岛当然不会直接描述，他用了一系列的比喻，比如，"……过了片刻，用紫色外衣的袖子捂着胸口的聪子，在收拢了伞的蓼科的陪同下，低头穿过便门走了过来。清显觉得她的姿影，好像将一枝大紫荷花从小茶室拽到雪中那样，华美无比，几乎令人感到窒息。"还比如，"……在淡淡的夕照的辉映下，她的侧脸恍如远方的水晶、远方的琴声、远方山上的襞皱，远方的距离酿成了充满幽玄的气氛，而且，以渐渐增添暮色的树林间隙的上空为背景，犹如黄昏时分的富士山一样，具有分明的轮廓。"

在电影中，应该说扮演聪子的竹内结子与我的想象是比较吻合的，她气质幽微柔顺，同时骨子里有一种决绝的东西。很有意思的是，竹内结子在这部电影中酷似我一个女友年轻的时候，容貌气质都像。很多时候，我甚至认为就是那位女友在镜头里。这是看这部美丽的电影的一个意外收获。

2006年5月11日

茶式电影与中年之美

在影片中,她是一个五十岁的单身女人。通过角色的对话可以得知,她上过大学。但现在的她,清晨是送奶工,白天是超市收银员,晚上,她在"汗牛充栋"的家里读陀思妥耶夫斯基。中间这二十多年,她做过什么工作有过什么故事,都被省略了。

她淡定、友善、单调和沉默。

从十几岁开始,她的心里就有一个人;这个人一直和她同在一个小城生活。他是一个不起眼的公务员,家里有一个得了绝症的妻子。他们俩偶尔会遇到,无话可说,只是礼节性地点一下头。有时候,他在上班的公车上会看到骑车的她;也就只能这么看一看,汽车很快就超过自行车,在他的视线里,她渐渐消失……

这是一个关于五十岁男女的爱情故事,叫作《何时是读书天》。

何时是读书天呢?随时随地。低头看书,抬头微笑。人生一切已定,一切了然;自我也确定无疑,什么样的寂寞或者什么样的变故,也不会扭曲撼动那个清晰的自我了。这个故事在导演绪方明讲来,含蓄隽永,挚情脉脉,是那种我称之为"茶式电影"的典型作品。在我看来,"茶式电影"是较之于容易沉醉也期待高潮的"酒式电影"而言的。茶,是香的,也是涩的;这种气息这种滋味的电影,通常刻意躲避戏剧化的情节,即便是戏剧化的情节发生之后,也会立刻回复到冷静和沉郁的基调中去,仿佛一个内向的人羞于在人前袒露情感,只将一切重新压回内心。日本电影中,这样的"茶"是一种传统,在我的记忆里,与《何时是读书天》同声和气的作品,首先浮上来的是山田洋次的《远方的呼唤》。

《何时是读书天》的女主角是田中裕子扮演的。很久没有看过田中裕子的作品了。这部2005年的影片,让她获得了诸如"第十五届日本电影评论家奖最佳女主角奖"等一系列的荣誉。这真让我等影迷旧怀堪慰啊。

《何时是读书天》

我的一个老同事对女人的口味是"素脸美人"，要求是面部线条清淡柔和，远离艳丽和甜美。包括在这个口味里的女星是：日本之山口百惠和田中裕子，中国之林忆莲和吴倩莲。当年我就夸赞这位老兄口味不俗。我也喜欢这样的女星，相比之下，她们以气质独特出位，较之大部分女演员来说，她们天生带有卓尔不群的味道，似乎更容易融合在角色里并将角色的魅力穿透出来。这中间，田中裕子堪称翘楚。她的单眼皮和她那沉郁复杂的气质，让她相当别致也相当显眼。

田中裕子是1955年生人。一般来说，在亚洲特别是在东亚普遍的"少女审美"的环境里，女演员在这个年龄很少能遇到好的角色了，大多时候也就演个妈妈婶婶类的配角了。看看我们中国的潘虹和陈冲，就可以看到岁月和环境对于女演员的双重剥夺。上了年纪的女星，要么淡出，要么演些"渣渣"角色让自己一点点地贬值；至于说像刘晓庆那样胆敢逆岁月而行选择返老还童的角色，在一般人眼里也就是一个笑柄而已。

在华语电影中，很少有人有兴趣写以中老年女人担纲主演的戏。就是有，也很少，且不好。这些年来好的且影响力比较大的，许鞍华的《女人四十》算一部。换个角度来说，就是有这样的好剧本，谁投拍啊？为那些靓丽青春的女人还张罗不过来呢，谁愿意耐心来讲述中老年女人的故事？再换个角度来说，就是拍出来，票房也很可能相当惨淡。大部分观众也是不买账的。这不仅是华语电影的问题，这是中国乃至包括日本、韩国在内的整个东亚的审美倾向的局限。相比之下，在欧美，在他们对于成熟女性的由衷欣赏这个大的文化背景下，女演员的演艺生涯要丰满且长久得多；如果气质出众演技优秀，哪怕六七十岁了，依然也能保持一线明星的地位，也能主演好些有分量的好片子，就像梅丽尔·斯特里普那样。

所谓妈妈婶婶类的点缀性角色，对于田中裕子来说，想必是她所不甘的，也是她的影迷们所不甘的。这可能是她近年来作品稀少的一个原因吧。她应该是那种秉持宁缺毋滥原则的人。《何时是读书天》是一个成功，这不仅是田中裕子的一场中年盛事，也许还能激发更多的电影人重用这些演技炉火纯青的中年女演员，让她们在银幕上释放出那种与青春之美迥然不同的更为醇厚的魅力。

2006年7月2日

《秋刀魚之味》

秋刀鱼和盐

已经很有一段时间了,我离开了原来那种密度比较高的看片习惯。所谓密度比较高,这两年也就是一周看四五部左右,比起更早时间的狂热差远了。我曾经一口气看过四部影碟,直看得一阵阵发呕才关了机器。

现在看片是越来越稀了,隔个两三天,在我那堆数量甚众的贮存里挑一部出来看。每次的挑选都让我沮丧,因为这让我又一次直面这个问题——这么多片子,怎么看得完啊?!而且,不知怎么回事,我对未知的影片,不论是新片还是旧片,那种好奇和渴望是越来越淡了。现在,跟我越来越喜欢重读旧书一样,我越来越喜欢把老片子翻出来看——手划过《教父》,想,看多少遍了,要不就再看一遍?手指划过《莫扎特》《绝代艳姬》《遮蔽的天空》《美国往事》……再看一遍?

那就再看一遍吧。

说来也算是看新片——好多老片我买了新版本,封面比以前好,效果也更好。好些大师作品还制成了合集,大部头的样子,里面每部作品整齐优美地插在封套里,像精致的章节。这很能勾引观看欲望,那种对全面、顺序、成长痕迹等希望有所了解的欲望。

小津安二郎的就买了两缉。著名的都在里面,《东京物语》《秋刀鱼之味》《早春》《晚草》《秋日和》等。

倒着看,从他的封镜之作《秋刀鱼之味》看起。这个秋天突然觉得很踏实了,不用那么焦虑地在碟柜前做选择了。有小津做伴,知道会是慢的、静的、深的,甚至是不动的。这让我感觉笃定。

秋刀鱼,日本料理中的代表元素之一,象征意义更是名闻遐迩——人说:秋刀鱼是伤感的滋味,是秋天食物中的第一代表。这个象征被小津援用,整部《秋刀鱼之味》中,并没有秋刀鱼的踪影,小津不过取其优美雅致的伤感之意,用于铺陈老父嫁女的情绪;片中倒是出现了滋味肥腻的海鳗:

一帮老学生请更老的落魄的老师吃饭，老师第一次吃到海鳗，甚是惊喜，赞不绝口。

在《秋刀鱼之味》里，小津的摄影机还是那样，不动的，就搁在地板或榻榻米上，角度低于演员的视线，显得微微有点仰。有的时候，演员的头出了画面，就留个身子在镜头里，他也就任其这样了。

他不动的摄影机还拍下很多空镜头。多是室内的景物，窗、门、桌、案、光、影；还有窗外的烟囱。烟囱的白烟飘过窗户，像云。

他的演员们似乎都被这种不动的镜头给定住了，表情沉静地慢腾腾地说话，完全不像一般演员那样在乎脸上表情的层次，显得有点木讷。他把这些定住不动拍下来的镜头直接剪辑切换在一起，没有任何淡出淡入的手法，于是那种滋味很劲道、很硬朗、很朴素。

……

都说小津是清简肃穆的，还说他如老僧入定，禅意盎然。甚是。

其实，我觉得小津还是活泼的，那种内心安宁之后如同清水涌出一样的活泼。这跟后来有些导演模仿他的那些不动的镜头不一样，那些模仿的镜头看上去很像小津，甚至比小津更绵长，画面似乎还更安静，但其实内里是躁动的，热乎乎的，嗅得到欲望的腥气。当然，表达欲望是不错的，不过，我觉得，那种表达方式可以是另外的样式，如果一味学小津，就是东施效颦了。

小津的活泼是他所特有的，那些酒、小饭馆、慨叹世事的老生常谈、老人之间清淡的玩笑……这些是生活的原味之上盐的活泼，不是糖也不是醋。这跟秋刀鱼的吃法很相似，听说一般都是吃盐烧秋刀鱼的，因为秋刀鱼刺身的滋味对新鲜度要求太高了，一般只有渔民才能现捕现吃。而盐烧秋刀鱼，那盐的分量把握据说非常高难，多了少了，会相当影响鲜美程度的。由此我们可以做一个比拟——小津的电影，是他把生活当作一尾活生生的秋刀鱼放进了锅里，然后他秘而不宣地烹着，他那些镜头和剪辑所构成的让人觉得非常舒服的呼吸节奏，就是他的盐。至于盐的分量，那只有他才知道了。

2006年9月1日

清冽之水

看完市川准导演的影片《东尼泷谷》,甚为享受之余,自然很想看看村上春树的原著。我没有看过村上的这个短篇。我在自己的村上作品库存中没有找到。想了想,估计朋友安然会收有这些东西,一问,果然,他电脑里有。他发给我了。这个译本叫作"托尼瀑谷"。

村上在描述"托尼瀑谷"也就是"东尼泷谷"的父亲省三郎,在妻子,东尼泷谷的母亲去世后的感受时,这样写道:"瀑谷省三郎自己也不清楚对此究竟有怎样的感受。这方面的感情他不熟悉,觉得似乎有什么平板板的圆盘样的东西突然进入胸口,至于那是怎样一种物体、为什么在那里,他全然摸不着头脑。反正那东西一直在那里不动,阻止他更深地思考什么。"

真妙。"这方面的感情他不熟悉",所以无法命名。省三郎和他的儿子东尼一样,对一些被命名的感情或者说被命名的状态都不熟悉,他们也没有什么了解的愿望,更没有要进入到被世人命名的那些生活中去的愿望。父子俩之间也不怎么交流,一方面是不习惯交流,另一方面他们并没有觉得缺乏交流的生活有什么痛苦。他们各自安之若素地生活在自己沉迷的世界里:省三郎沉到爵士乐里,同时按照一个享乐主义者的生活方式过着日子,演奏、美食、女人;东尼浸在精密绘画之中,独自一人,工作、忙碌、安静,同时,他还能挣很多钱。

村上总结说,"瀑谷省三郎不是适合做父亲的人,托尼瀑谷也不适合做儿子"。影片中朗读原著文字的旁白,我是听到这个时候突然心里一凛。那旁白的声音一开头就很清洌动人,听到这里,清洌动人中游出了一种遗世独立的性感,非常诱惑,但无法靠近。虽然我不懂日语,但还是被这个喃喃低语的男声给强烈吸引了。也许,这种吸引里,有一部分原因恰是因为它于我是一种隔离的语言。隔离形成了诱惑。当然,这个男声本身那种飘逸的孤寂的味道,是这个旁白魅

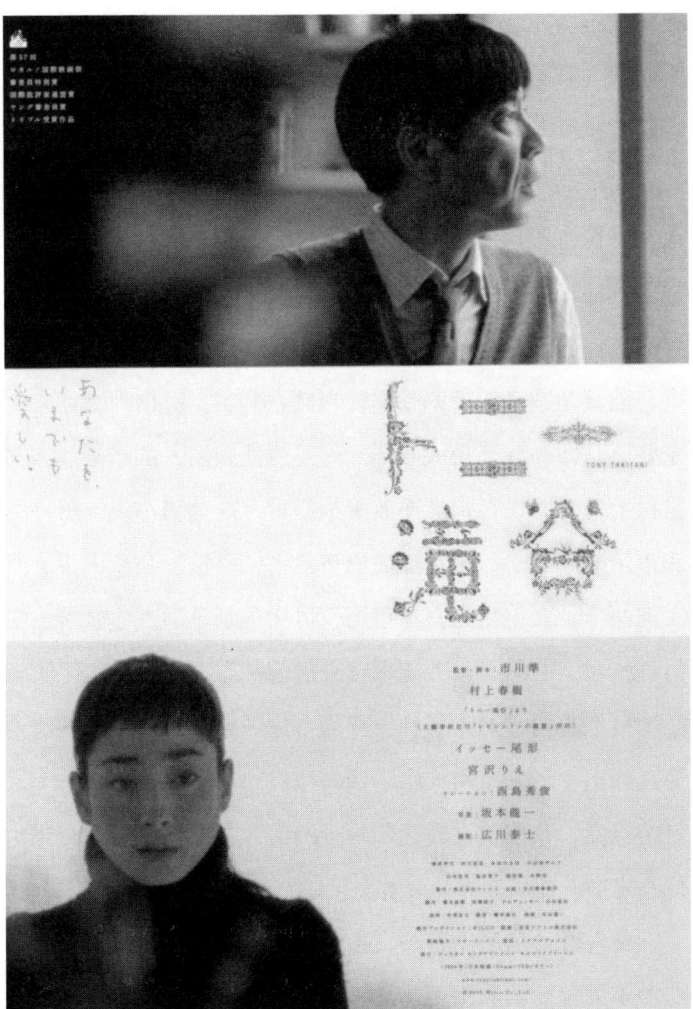

《东尼泷谷》

力的根本。在我看过的很多原声外国电影中,有旁白的也不少,但《东尼泷谷》里的这个声音真可谓夺人,何况这个声音还裹在坂本龙一的音乐里。

我事后去查了资料,影片的旁白是西岛秀俊。西岛秀俊?好像有印象?哦,经典日剧《爱情白皮书》里那个遇车祸去世的松岗纯一郎,清瘦修长,俊美忧郁。我只看过他早年的这一部影视作品。长得那么好看,居然还有这么一把声音,他真是被老天爷厚爱啊。当然,其实,旁白那么迷人,主要还是西岛处理得太好了。这是热爱和投入的结果。西岛是村上迷,听说市川准要改编拍摄村上的这篇小说,就一直和市川准套近乎,想在里面出演角色;可惜,角色太少,其实就两个,女主角是宫泽里惠,男主角是尾形一生,著名实力演技派,另外,很关键也很有趣的一点上,尾形一生长得很像村上春树,两人那种特异的与这个世界有点疏离的味道简直如出一辙。市川准给了西岛旁白的机会,也给他一个成就的机会;我相信,看这部片子的人,在对整部影片相当的好感之中,西岛的声音会萦绕在心的。

女人看《东尼泷谷》,肯定会对宫泽里惠所饰演的妻子那太多的美丽的衣服给迷醉,也能理解宫泽里惠分饰的另一个角色,那个女孩在那些已成为遗物的衣服前的哭泣。这是一种被物质本身的魅力给迷醉后勾引出来的兴奋的哭泣,村上说,这种兴奋,有点像性兴奋。可能真是这个道理吧,类似于性兴奋的迷醉,那种短暂的高潮,这使得东尼泷谷的妻子无可救药地成为一个购衣狂,并死于衣服所造成的恍惚之中。这一切,真的是非常孤寂,典型的村上式的孤寂。在村上的笔下,没有爱情之前的东尼并不以孤寂为苦,爱情来临之后,个人的孤寂被两人的厮守冲散,这让东尼意识到如果重回个人的孤寂之中将是一件多么可怕的事情。但孤寂还是回来了,重新回来了,东尼泷谷用丢弃的方式将自己重新投入到一个人的世界里,"孤独如温吞吞的墨汁再次将他浸入其中"。我奇怪村上用的是"墨汁"这个比喻,我更喜欢这个故事的结尾呈现水的意象,透明、清冽。事实上,就村上的这篇小说来说,它呈现的就是水的效果,它并没有浑浊的黑的感觉。而就这个故事来说,市川准的影像叙述和村上的文字效果是同质的,是一杯清冽的水;不是冰水,是凉水。

2006年9月15日

《花与爱丽丝》

一种蔷薇

我家的花园里有一种蔷薇,叫作"小女孩",开出花来是粉白色的,骨朵儿的颜色要深一点,呈粉红色。花型很小,很精致,尤其是骨朵儿,娇羞,惹人怜爱。如果说花开了像十七八岁的女孩,骨朵儿就像十四五岁的女孩。再小的女孩应该算是花苞吧,还呈现不出花的模样和色彩。

这些天,我家的那些"小女孩"正在陆续开放;如果下了雨,"小女孩"带着雨珠,真有点少女流泪的味道呢。

看岩井俊二的近作《花与爱丽丝》,那种感觉就跟欣赏"小女孩"的骨朵儿类似。这部影片的两个女主角,花和爱丽丝,就是十五岁左右的年龄。岩井俊二在关于这部电影的访谈中,也相当怜爱地说:"拍这部片子挺辛苦的,因为她们不是大人，感觉真像在拍动物的电影呢……成人演员知道把精力集中到工作上，而她们在现场跟在学校似的，有的时候真想对她们说，认真一点啦。虽然难以控制，但她们好些凭着孩子的本能轻松完成的表演，别有一番趣味。"

这种趣味呈现在影片中，是一种轻微的喜剧色彩。这在岩井俊二的电影中还是比较罕见的。之前他在《梦旅人》《情书》《燕尾蝶》《关于莉莉周的一切》等作品中，更多是在讲述青春期的痛苦、伤感，甚至是剧烈的混乱以及黑暗，而像《花与爱丽丝》这种娇艳欲滴的微痛微酸微痒的味道，对于影迷所熟悉的岩井俊二来说，还是有一种新鲜感的。当然，在《花与爱丽丝》里，岩井作品那种精致、安静、些微冷淡的质地一如既往。

花与爱丽丝，两个青春期的女孩，一个有点笨拙相当强壮，一个有点娇气相当甜美，她们是闺中密友，却先后喜欢上同一个男孩。这中间，有一些小骗局小噱头，有一些孩子的伎俩和诡计，更多的，是初恋的疼痛和无助。这种疼痛和无助，反过来像小沙子一样，咯着两个女孩之间那原本光滑细腻的如同她们的皮肤一样的友情。这是一种磨砺，也是一种增进，在这个过程中，友情获得了历练。从某种意义上讲，男孩的出现，他本身并不是目标，甚至爱情也不是目标，男孩和爱情的作用在这个阶段，在于给了女孩们一个彼此深入内心加深情感的机会。

这样的故事，很熟悉很类似，想来是很多女人在青春期都曾经有过的。如果，你曾经在女孩时期有这么一位腻友，也曾经有一个出众的男孩出现在你和你的女友的周围，那么，这样的故事几乎是无法避免的。如果你和你的女友在各方面的条件差不多，而性格上的反差很大，那么，那个男孩也几乎会必然地陷入无法取舍的境地。这是一种命中注定的三角关系。这样的关系在当时、在孩子那里，是相当残酷也是相当致命的，而所有的美感都是在走过去回头看的时候才会呈现的。

我一直觉得，成人讲小孩的故事才是对的。那份怜惜和懂得的心境，不是孩子能够拥有的，也不是当时能够明白的。成人谈论孩子，是在回望自己走过的路。而似乎也只有成人才能看清孩子特有的懵懂、傲慢、直接和残忍。

不管怎么看，青春真是美丽啊，那种不管不顾扑上去的恋爱方式，让成年人很羡慕。这需要力量，盲目的力量，体内化学元素起作用迸发出来的力量。相比之下，人年龄越大，在爱情上用力越轻，也越来越无聊。这种深切缅怀但无可奈何的心情，想来是岩井俊二拍摄《花与爱丽丝》的动机吧。我一直觉得，成年人之所以那么喜欢讲述青春期的故事，一来是因为能够讲好这些故事；二来，也是最重要的原因，那是在讲述一种失去的永不再来的东西，而人在面对这种东西的时候，总是特别的动情和深切。

2006年9月20日

对藤泽周平的期待

日本大导演山田洋次的"藤泽武士三部曲"的第三部《武士的一分》,前不久在东京电影节上作为开幕电影亮相了。主演木村拓哉备受瞩目。一来贵为日剧天王的木村很少出演电影,这次与山田洋次的合作当然稀罕;二是因为历来严厉的山田洋次对木村的演技给予了很高的评价,更是加重了影迷对这部影片的期待。

影迷对《武士的一分》期待,除了山田洋次和木村拓哉外,另外还有一个品质保证:这又是根据日本时代小说巨匠藤泽周平的原著改编的电影。这样一来,山田洋次的三部武士作品全部改编自藤泽周平,前面两部是大受好评的《黄昏清兵卫》和《隐剑鬼爪》。

近年来，日本影坛的藤泽周平热应该说是由山田洋次重新掀起的，除了他的三部曲之外，还有是枝裕和导演的《花样奈穗》，由主演过《黄昏清兵卫》的宫泽里惠主演（我期待能看到这部电影）。再就是我才看的黑土三男导演的《蝉时雨》。

被誉为"写景清丽、写情委婉、写人剔透"的藤泽风格，在《蝉时雨》中全面呈现。整部影片那美丽绝伦的四季风光中，有着艰辛的人生和隐忍的情感；虽说故事是放置于遥远的江户时代，但依然与现代观众惺惺相惜息息相通，这种相通来源于亘古不变的世态人心，来源于美德的召唤。藤泽周平的作品，相比于放大武士道精神的其他作品不一样的是，他笔下的武士总有一些委婉的情怀和踟蹰的姿态，有一些迟疑，有一些伤感，有一些不得已而为之，有一些自嘲，还有一些小小的骄傲，这让武士这类已经类型化的人物还原到普通人的境地中。当然，武士毕竟还是武士，总会遇到人生绝境，藤泽周平在这些关键时刻就会让他的主人公迸发出惊人的勇气和能力。

跟《黄昏清兵卫》和《隐剑鬼爪》一样，《蝉时雨》中的主线还是一样的：下层武士和青梅竹马的恋人之间的故

20年、人を想いつづけたことはありますか。

《蝉时雨》

事。这些故事在刀与剑的寒光里，总是有像绸缎一般的女性的温存来包裹残酷锋利的武士人生。

在我看过的三部"藤泽周平"电影中，《黄昏清兵卫》中的真田广之和宫泽里惠、《隐剑鬼爪》中的永濑正敏和松隆子、《蝉时雨》中的市川染五郎和木村佳乃，最后这一对是最动人的，因为他们是最伤感的，他们之间结束在应该也必须安守各自的人生角色这种巨大的无奈中。

市川染五郎饰演的牧文四郎和木村佳乃饰演的阿福，两个人的表演都相当沉静、隐忍，同时饱满、深情，令人动容。《蝉时雨》好些个地方让我湿了眼睛，最为酸楚的一段倒不是市川染五郎和木村佳乃的功劳，而是饰演少年牧文四郎和阿福的那对小演员。那场戏是：牧文四郎拉着拖车，拖车上是奉藩主之命切腹自杀的父亲的尸首；拉到陡坡处，牧文四郎自己一个人是怎么也没有办法拉上去了。烈日炎炎，蝉声如雨，十五岁的牧文四郎将背着叛将之子的污名跟母亲一起活下去。可怎么活啊？就像面前这个陡坡，筋疲力尽的一个孩子怎么能把车拉上去呢？这个时候，坡上跑下来少女阿福，她什么话都不说，就是来托一把的……这段戏拍得太好，两人之间没有一句话，有的只是孩子们的汗水、框在眼睛里没有流出来的泪水，还有四周绝美的风景，但却是那么的悲伤和温暖，那么的沧桑无限，是那种还没有长大就已经沧桑的人生。这中间，除了少男少女的青涩初恋之外，还有一种叫作恩情的东西种植在两个人之间，后者随着岁月越来越厚越来越重，它让牧文四郎为阿福赴汤蹈火万死不辞，也让牧文四郎决绝地彻底地放弃。这样的情感，在这样的故事这样的男女之间，有着比一般意义上的爱情更广阔更深邃的意味，美、伤感、端庄正当。因此，《蝉时雨》是一出光明的爱情悲剧，在这里面，爱情是一切，所以爱情恰恰可以不以世俗的方式实现它的完满，爱情放弃了，所以爱情也永恒了。

  之前，我看过一些评论，说是《蝉时雨》是藤泽周平作品中的最高峰。看过之后，方知这句话的含义是什么。我通过电影看到的是这部作品的境界，据说，其最高峰的意思还在于小说原著非常朴质而精美，让人爱不释卷。听说已有中文版，台湾出的。于是，小说《蝉时雨》又成为我的一个期待。

2006年11月15日

《被嫌弃的松子的一生》

花团锦簇的悲惨故事

我们一般所习惯的悲剧电影,如果总结的话似乎找不到什么固定的元素,但似乎应该没有这样的元素:轻快的音乐、绚丽的画面、仆地之后立马雀跃这种令人骇异的视觉转换。但这些元素在2006年的日本电影《被嫌弃的松子的一生》都有,而且,它还的确是一部悲剧电影。

可以这样说,《被嫌弃的松子的一生》是悲剧电影中的一个异数,可谓花团锦簇的悲惨故事。

这是一个普通的"一失足成千古恨"的故事,也是一个关于女人为爱而生且亡的故事。结尾处也没有所谓主人公重获新生这类廉价的主题提升,就故事本身来说,它就老老实实地讲述一个叫松子的女人,是怎么从一个普通的中学女教师一步步走向灭亡的过程。

这个故事其实包含着两个元素，一是性格；一是命运。而这两个元素是糅合在一起的，性格即是命运，命运说明性格。

如果说松子的性格不是那么冲动莽撞的话，一开头，作为一个普通的中学女教师，她不会贸然犯下替偷窃的学生顶罪以及偷拿同事的钱这种低级错误；如果她的性格不是那么一味逞强赌气的话，她不会离家出走，从而走向走投无路的起点。

另外一方面，命运在其中起的作用也是非常大的。命运在松子身上，呈现出非常残忍的一面，一次次将她可能获得转机的可能性扼杀掉。先是第一个男人，一个默默无闻穷困潦倒的作家，他不仅使用暴力，而且以自杀的结局让松子面对第一次惨痛。其后，第二个男人，一次婚外情，对象是作家的同行，松子在他身上重燃生活的热情，甚至有结婚的念想，却不想，这个男人绝不会为松子破坏掉自己的婚姻并以钱结束掉与松子的关系。之后，松子除了生活上一落千丈（当土耳其浴室的妓女）之外，又遇到了一个真正的恶魔。这个恶魔不仅背叛松子的感情，还骗取了她的积蓄，逼得松子因杀人罪入狱八年。出狱之后，本来还有一个追求安稳生活的希望，去寻找犯案逃亡时间遭遇的那个理发师，却不想八年之后看到的却是理发师挟妇挈乳其乐融融的全家福。再之后，当年那个松子为他顶罪的问题学生，以一个黑社会小混混的身份出现松子的生活里时，她已经无心抵挡所有坠落的趋势了，就如她自己所说："挨打也好，怎么样也好，都好过自己一个人的孤单。"她在这种依赖和爱怜混合的情感中任凭着自己一点点跌下去，直至跌无可跌，直至最后成为一个臃肿的肮脏的跛脚的老妇人，在五十三岁时由一顿问题少年的殴打结束了一生。

从一般的角度看出去，对松子这样的女人，正确的看法应该是"哀其不幸怒其不争"吧。但事实上，我是很难对这样的女人产生好感的，同情是有的，但说实话，更多的是反感。她那所谓一次又一次献身于爱的举动，说起来都是对欲望的追逐，这种欲望就是希望他人能填补自己内心那个虚空的大洞，而他人总是会挣脱而去的。没有可以依靠的他人，没有他人"施舍"出的情感，这个人就要倒下去。这样的人其实内心没有自我，没有支撑点，跟所有那些必须依赖于一种外物（比如金钱、权力、某个人群的认同度等等）才能自欺欺人地立起来的人没什么两样。但是，换一个角度来说，生活如同大风，个人如同草芥，很多时候，所有的坚持和努力都会被大风给连根拔掉。松子的故事也在很大程度上讲述着生而为人渺小无助的生存事实，从这一点来说，"哀其不幸"是远远大于"怒其不争"的。

松子这样的女人，抱持着一种芸芸众生的本能在生活。这样的本能化的东西放到电影里就相当好看。可以这样说，生活中的挣扎跌扑甚至不齿难堪，移植到另外那个跟生活平行的文学艺术世界中，就元气十足煞是可观。生活和文艺之间的价值观恰好是相反的，这就是所谓橘生淮北则为枳吧。生活和文艺互为对岸，却如同镜子般呈现出相反的影像。这一点，也可以挪用来理解导演中岛哲也在这部影片中那种奇特的反悲剧常识的讲述方式。

影片的画面是绚丽好看的，所有的镜头似乎都糅了光，以金色色调为主，味道甜俗。随着故事的推进，写实场景、魔幻场景以及歌舞场景交替出现；另外，中岛哲也又采用了同一事件的多角度叙事方式，让影片有着一种繁复重叠的感觉，跟画面的绚丽甜俗相匹配。

要紧的是，导演所采用的技巧并没有遮盖反而是衬托出这个故事的质感。当一个故事没什么新意的时候，讲述方式就非常重要了。《被嫌弃的松子的一生》是一部讲述得相当有意思的电影。每当松子落到爬不起来的地步时,镜头马上转换成浅易甜蜜的卡通风格,或者是如音乐MV那样的载歌载舞的场景。这中间,那些童话世界的道具,比如花瓣雨、星光、雪花儿什么的,就开始美妙地在画面里飘舞起来。影片很特别的一点是采用大量的花朵,那些悲惨的情节发生时,比如离家出走、杀人、自杀未遂、逃亡,等等,画面的前景都置有美丽的花朵。这些花朵,一方面可以视为场景道具;另一方面更像是一种反讽的符号。

《被嫌弃的松子的一生》把超现实的那些元素,把想象世界的古怪、艳丽,普通人情中的伤感和温暖以及犹如社会纪实似的悲惨和痛苦融在一起。这样的同类型的影片让我想起《黑暗中的舞者》。我认为,中岛哲也甚至可以说采了阿莫多瓦的气。我尤其觉得他采了弗里达·卡洛的气。应该说,在我的观感中,这部影片与弗里达·卡洛之间的联想要更畅通一些。弗里达这个最鲜艳最痛苦的女人,一生华丽无比(她的妆容、服饰、气质以及她的色彩感),痛苦万分(她的残疾、由车祸带来的折磨了她一辈子的脊柱和脚,还有她的爱情),一切都在她那些难以言说的画里。我想起了她的一段"超现实"的日记片断:"他来了,我的手,我的红色梦幻。更大。更多你的。玻璃的殉道者。伟大的非理性。柱子和山谷。风之手指。流血的孩子。云母微粒。我不知道我的好笑的梦在想什么。墨水、斑点、形式、色彩。我是一只鸟。我是一切,没有更多的慌乱。全部的钟。规则。大地。大树林。最大的温柔。汹涌的海浪。垃圾。浴缸。明信片。骰子,手指演奏那渺茫的希望。布。国王。如此愚蠢。我的指甲。线和发。我自由自在的思想。消失的时间。你被从我心里偷走了,我只有哭泣。"

妓女、杀人犯、自杀未遂者以至最后的凶杀案受害者,松子这个女人,在导演的阐释中因为全身心的投入爱之中而成为"神",并在结尾处走上了"天堂"的阶梯。如果说导演没有做廉价的"重获新生"般的主题提升的话,这个结尾则是导演所做的一次矫情的道德提升。我同意有些评论所说的,最后那个冗长的上"天堂"的结尾实属败笔。其实,在此之前那个飞行的主观镜头,沿着河流两岸回忆松子一生,那一组画面就相当精彩了,在这个以松子的侄子笙,笙的父亲,松子的女友泽村以及松子最后的情人龙洋一串起来的倒叙故事中,用这样一个梦幻般的飞行画面回顾这个女人的一生，应该是这个故事恰到好处的结束方式。

世界和生活，它们的正面如同这部电影的那些画面那样美丽动人，而反面则哀鸿遍地。鲜花和鲜血并置，爱慕和背叛同行，最初的希望和最终的结局却无法重合，就像电影中的一位角色泽村所说，"每一个女孩子，都憧憬着白雪公主或者是灰姑娘，这样可爱的童话，可是不知道哪里出了问题，明明希望变成天鹅醒来的时候，却发现自己变成了一只浑身漆黑的乌鸦。"

我觉得这部电影里最动人的一句台词是松子写在板壁上的话，"活在这个世上，对不起。"这句话本来是松子早年那位自杀的作家男友的遗言，最后也成了她的遗言。意味深长的是，这个"对不起"的主语和宾语是缺失的，是"我对不起谁"，还是"谁对不起我"？而"谁"又是什么呢？是爱人？家人？命运？还是这么美丽鲜艳的世界？

中岛哲也说："这是一部人们从未看过的电影。"这话说得有点牛，但，基本没错。

2007年3月11日至3月13日

《穿越时光的地铁》

关于时间的让人释怀的说法

"你了解成为你父亲之前的父亲么?"

"你想见见你出生之前的母亲么?"

在还没有看到筱原哲雄的新片《穿越时光的地铁》之前,在报道中看到了这两句电影广告词,就对这部电影产生了浓厚的兴趣。

我喜欢这个电影那个戏剧化的开头。中年男人长谷部真次,是一个平凡的制衣厂推销人员,几乎没有人知道他的父亲是一个大名鼎鼎的企业家。真次觉得他父亲的财富和名声跟自己丝毫没有关系,他早在高中毕业之后就和父亲断绝了关系。这一天,准备乘坐地铁回家的真次接到弟弟的电话,说父亲病危,让他去医院探望。而这一天,恰巧也是哥哥的忌日。哥哥早在还是少年时代就因车祸去世了,真次一直以来就把这个事故的根本原因归罪于父亲。突然,地铁车站里一个酷似哥哥的少年的背影在真次的面前晃了过去,真次紧紧追随,出了地铁口,却愕然发现他来到了1964年10月5日的东京,当时的东京正在举办奥林匹克运动会,这个时刻是傍晚7点过,离哥哥在11点半遇车祸身亡还有四个小时……

我喜欢这个开头在于它的地点和想象方式。地铁一直就是一个让人觉得奇妙的场所,它似乎与地面、与日常生活都隔离开了。它是另外一个世界,黑暗古怪且瑰丽,有诸多的可能性,也有很大的危险性。它是一个让人逃逸的场所。地铁在我看来是所有交通工具中最具另类气息的,有很多关于地铁的电影都很有趣,我最喜欢法国的那部由阿佳妮主演的电影《地铁》,很酷很绚。而有些关于地铁的浪漫爱情故事在我看来则觉得场景不对,浪漫爱情总是比较轻盈甜蜜的,应该发生在地面上,在清新空气里,而地铁里的情感似乎总有点异常和扭曲才是个味道。

我喜欢这部电影开头的想象方式在于我自己不止一次这么臆想过:我跨出去,或者跨出门,或者跨出电梯,或者跨出车厢,面前是另一个时空。我钻进去游荡观看,但背后始终还有个门，也就是说，我有个退路，我能通过这个门退回到我的现实时空里。《穿越时光的地铁》的这个开头与我的臆想是一次相当熨帖的暗合。

我想，每个人都有穿越时光的愿望，去另一个时空看看，看看自己爱的人在自己不在场的时候是个什么样子。我们很想看看父母年轻时的样子，他们各自在没有为人父母之前是怎么成长起来的？而又是一个什么样的机缘让他们走在一起，然后结合并生下了我们？生下我们的他们当时是喜是忧？这一点很可能决定着我们生命的基调。而且，我们也很想看看自己的爱人在还是一个陌生人的时候是怎么生长的，当年那个与我们相遇的奇妙契机是在哪里？契机的背后我们是不是避免了完全可能错过的偶然性？是不是早一分钟或晚一分钟，我们的丈夫或者妻子就是另一个人？为什么芸芸众生中偏偏是这个人成为我们的伴侣？甚至，我们还想回去看看我们自己，看那个已经很陌生的从前的自己，当年为什么会喜欢那样的人？因为什么哭泣或欢笑？为什么把那么多本日记都付之一炬？那里面写了些什么？究竟是什么让我们成为今天的自己？

我一直对时间这东西着迷，因为它始终是一个谜题，但又始终无解。在我看来，每个人过去的时间都是汪洋大海，只有一个个标志性的大事件像岛屿一样矗立在这片水面上，至于说这些岛屿之间地质结构上的联系，在当下都只有一个大的轮廓，细节都淹没在水中了。而很多时候细节是决定一切的。大到人类历史，小到个体生活，细节则全面折射出偶然性与必然性之间那种神秘的联系。生命的趣味和无奈之一种就在于明知时光的不可追却又忍不住频频回望。

博尔赫斯对时间有个假定，他认为时间是循环重复的，我们当下的每一刻都存在于过往和未来之中。举例说，如果当下这一刻你正和三两好友在喝茶聊天，那么，以前曾经有过那么一刻以及以后也会有那么一刻，还是你和这些人在一起，喝着同样的茶，说着同样的话，天空同样的清亮，植物同样的翠绿，而落在你茶杯边的那片花瓣也一样是海棠花的花瓣，连和茶杯之间形成的角度都是一样。也就是说，我们的当下是在复制以往的某一个时刻，而未来，也有某一个时刻在复制着我们的现在。

文学艺术就是让人释怀，它们经常把溺于虚无和绝望之中的我们打捞出来。《穿越时光的地铁》这部电影也给了我们这种令人释怀的一个说法：我们可以乘坐穿越时光的地铁，去看看我们父母之前的模样，去看看那些被遮蔽了的事件和情感的真相。

电影里，堤真一饰演的长谷部真次，在与父亲长年的隔绝之后听到了父亲病危的消息，极度的心理矛盾让他有机会获得了穿越时光的能力。他回到了过去，看到他一直以为冷漠暴躁凶狠贪婪的父亲曾经是一个怎样可爱的青年，当年的那些淳朴和痴情，那些勇敢和担当，那些冒险和调皮，还有那些他从来不曾知晓的作为一个父亲的悲伤和心疼。父子之间的一切恩怨终于得到解决。

如果《穿越时光的地铁》就是这么一部正面且结局圆满的作品，那它就太简单了。所谓有得有失祸福相依，这部电影讲得到，也讲失去，它呈现出来是一种公平的人生原则。如果说时光之旅让长谷部真次重新得到父亲的话，那么，他所付出的代价就是失去他爱的女人。由冈本绫饰演的情人道子这个角色有一种原罪般的沉重，她和长谷部真次在一次次时光之旅中终于发现他们之间的结合本是一个根本性的错误。这个错误摧毁了道子的生存信念，她把还未出生的自己和当下的自己一起摧毁在过往的时空之中。

我每次看这种涉及生死的时空倒错的作品总有一种恍惚

感,这很可能是因为正常的逻辑关系被切断的缘故。我印象很深的是早年看美国电影《终结者》系列,那种因果关系十分异常的观看感觉让我抓狂。这次看《穿越时光的地铁》,那种抓狂的感觉又出来了,只是这一次很轻微。道子在过往的时光中抱着怀孕的母亲滚下了长长的石阶,导致母亲流产,她不仅杀死了现世的自己,也杀死了还未出世的自己。长谷部真次重返当下时光后果然发现道子消失了,也就是说,那一次过往时光的自杀行为是有效的。如果那次自杀成立的话,那么道子在两个时空之间的所有曾经存在过的痕迹是怎么一回事呢?这些痕迹终于何处还可以想象,但始于何处就完全超出一般意义上的逻辑范围了。我每次看这类题材的影片,那种恍惚感就来自这种走着走着,道路、天空、景色、人物等所有的参照物都消失了,整个人的思绪掉入一片金光灿烂莫辨东西的境地里。这种让人眩晕的感觉也是这类题材作品的魅力所在,它是奇幻异常的,经验之外的,令人兴奋也让人恐惧。

《穿越时光的地铁》是筱原哲雄2006年的作品,改编自日本著名作家浅田次郎的同名长篇小说。在这部影片中,男主角堤真一真是老多了,与我极喜欢的《盗信情缘》中那个角色相比，青春已经完全从堤真一的身上流失掉了。这又让人意识到时间这东西的不可抗拒。

我对筱原哲雄的兴趣是从他2005年的《欲望》一片开始的。这部电影也是改编自同名小说，是日本著名女作家小池真理子的作品。看来，筱原哲雄非常强调其作品的文学品质，这个特点，在《欲望》中贯穿全片的一条暗线——三个主人公始终是三岛由纪夫作品的读者和三岛美学理念的亲力亲为者这一点上更是有所体现。

《欲望》其实也是讲述时间的故事。影片中的三个年轻人秋叶、类子和阿佐绪，在时间中，从开始的迷恋到融合到分裂到重逢再到永别，这中间有性的困惑，情感的困惑，美的困惑，永恒的困惑，那种迷离情绪和逝去之痛犹如强烈阳光下的海面一般，闪烁着无数的光斑，难以分辨捕捉，正如影片一再涉及的三岛由纪夫的小说《丰饶之海》。海之丰饶，人生之丰饶，太丰富了，太复杂了，太决绝了，也太迂回了，太有意思了，以至于无言以对无话可说。这里面，时间是上帝的手，漫不经心地拨弄着一去不复返的一切。

现在，我想把筱原哲雄的作品做一个系列追踪了。除了《穿越时光的地铁》和《欲望》这两部近作之外，我查了查资料，他之前还有《天堂书屋》《命》《死者的学园祭》《初恋》《爱在天空的另一端》等作品。这个出生在1962年的导演，身上似乎有一种又好奇又大胆但同时有着敬畏之心的玄妙气质，让我相当感兴趣。

2007年4月10日

他们的一分

据说,日语里所谓的"一分"是指尊严、面子。看了山田洋次导演的新作《武士的一分》,感觉这部电影让山田洋次很有面子,也让主演木村拓哉很有面子。

作为全部改编自日本时代小说巨匠藤泽周平小说的"武士三部曲",山田洋次在前两部《黄昏清兵卫》和《隐剑鬼爪》中都有相当不俗的表现。《武士的一分》是这个系列的最后一部。我相当喜欢这个系列所塑造的下层武士的形象,他们不同于以往我们印象中的武士那般强拗执着,秉持着一种简单的缺少弹性的价值观,在效忠藩主的同时满足自身对功名的欲望需求。在山田洋次的"武士三部曲"中,主人公都是下层武士,武士的荣耀离他们相当遥远,他们更多面对的是普通人的日常生活，这也使得他们的生活空间更为活泛更加生动。而藤泽周平和山田洋次共同塑造出来的这些个武士，他们身上还有一些游移于武士价值观之外的东西，他们似乎隐约地感觉到，这世间似乎还有另外的存在价值存在方式，生命可以用另外的样式加以关照，幸福的渠道可以在武士的荣耀之外获得。有意思的是，"武士三部曲"并不让主人公的复杂性呈现在他们的主体意识中，他们只是凭本能和直觉生活着，他们也像更多的武士那样，努力按照一种共有的明确的价值标准来固定自己，但似乎总是无法避免来自莫名之处的怀疑，这种怀疑动摇着他们，软化和稀释着原本以为非常坚固的东西。这种时候，命运总是会给他们呈现出一个绝境，让他们在这个绝境里迸发出惊人的力量，释放完以往积聚的能量，然后，像时间总会滑入夜晚一样，像水终究要归于水一样，在全新的体验之后，虚脱般地与过去告别，进入一段新的人生之中。在这一过程的最后，他们会和原本那些模糊的怀疑不期而遇握手言和。这是一种很稀薄的怀疑之光。在我所看过的根据藤泽周平小说改编的五部电影中（除了山田洋次的这三部，还有黑土三男导演的《蝉时雨》和是枝裕和导演的《花之武者》），都呈现出了这一特点。

《武士的一分》

这中间,山田洋次把那种迟疑、游移、微微晃动呈现得特别动人。也就是说,他的手法有点像一个摄影高手捕捉到了一种特殊的光线,准确诠释了"薄暮""晚光"这一类微妙的词汇。

原作者和改编者是同一质地的人,这一点,在"武士三部曲"中体现得尤为充分。应该说,藤泽周平和山田洋次就是同质的人。我喜欢这样的人。我觉得,如果幸而不是一个僵化的人的话,那么一个人年龄越大,价值观的向度越大,怀疑和游移就更为明显。这是一个自省的过程,是一个丰富的内在与一个复杂的外在交换能量的过程,很愉悦,同时也很痛苦。在这种愉悦和痛苦的中间,会一次比一次更为猛烈被虚无感袭击。人就跟站在海边一样,虚无感就像大浪一样地扑过来,把脚下的砂石裹走;待辛苦地再次累积出自己的立锥之地后,虚无的大浪又扑了过来。疑惑,不惑;然后是进一个层次的疑惑,不惑……就这么走下去,最后,是人彻底地站住了,脚下有了一块坚实的陆地?还是会被大浪卷走,让生命归于最终的虚无?我不知道。

在《武士的一分》,设置的就是这样的一个推问。三村新之丞有安详和乐的家庭,美丽贤惠的妻子,作为一名下层武士，他的工作就是替藩主尝毒，按他的话说，每天的工作甚无意思，待在黑乎乎的厨房里，在藩主用膳之前尝一尝，看是否有毒。三村的妻子加世天真地以为丈夫每天非常荣耀地和藩主一起用餐，得知真实的工作情况后，加世和三村都能轻松地自嘲一番。三村不是一个有过度欲望以及虚荣心的人，谋生之余，他只有一份小小的梦想，那就是开一个剑道馆，教孩子们练剑，同时享受妻子的厨艺和温存。

绝境出现了。三村在吃了时令不宜的某种鱼之后出现食物中毒的症状，获救后留下了失明的后遗症。之后，妻子加世为生计所迫向假意关心的藩头儿岛村籐弥求助，受骗且受辱。三村休掉加世，凭借着失明后其他感官能力的加强和敏锐，苦练剑术，发誓复仇。

应该说，全片的高潮是乱石荒草中间的那场三村新之丞和岛村籐弥的决斗。让人有点惊讶的是，"武士三部曲"最后一部的"武士决斗"并没有任何渲染，反而是最精练最不铺张的，在几个推挡之后，就只有那么一剑。一个是决意赴死的盲人；一个是胜券在握的高手，绝杀的一刹那，全是生与死的意念在交战。就像三村的老师所说的，抱着肯定会活下来的念头去战斗往往会丢了性命，恰恰是置之死地而后生。

他们的一分

其实，我觉得影片的高潮是最后三村的怀疑。在决斗中一剑砍掉岛村籘弥的一只胳膊并导致他自杀之后，大仇已报，加世也回来了，三村开始怀疑这一切的意义。他觉得这"一分"，这些尊严和面子的获得其实并无意义可言。他觉得自己不应该派仆人去跟踪妻子加世，即便是知情之后，也似乎不应该去挑战岛村籘弥，更不应该砍掉他的一只胳膊以致他悲愤自杀。其实，三村不需要这些武士的名誉和荣耀，不需要狭路相逢杀出一条血路之后的那种实际上相当愚蠢的成就感。他天性是个很空的人，他是一个在虚无中寻找光芒的人，那些世人关于人生成败的评价，其实都不会留存在他的身上，因为他的天性不是一个容器，他本来就是空的，一切穿过，然后流走。以怀疑始，以怀疑终，我很满足地在《武士的一分》中看到我希望的这种高潮这种结尾。

另外，作为木村拓哉的fans，我观看《武士的一分》的满足感就不仅仅在于这是一部好电影了。2006年，是木村全面转型的一年。电影《武士的一分》是他交出的一份漂亮的作业，他另一份很好的作业是在电视连续剧《华丽的一族》中。对于2006年的木村来说，在电视剧那个他最游刃有余称王称霸十几年的领域和作品稀少的电影这个领域，他都不枉追捧者的期待之心。

我"稀饭"木村拓哉已经很久了，可以说，他所有的剧我都看过，还看过好些他所在SMAP组合现场演唱会的影碟。前段时间，我一直在等他的两部作品，一部就是电影《武士的一分》；另一部是TBS电视台的台庆重头剧《华丽的一族》。

我记得前段时间看完《华丽的一族》的那个下午，心里堵得没着没落的，给同是木村fans的一位女友打电话，我说：《华丽的一族》相当好看，是《白色巨塔》那种大剧的架构，戏味浓郁，节奏相当抓人……木村的前一部电视剧《引擎》让我觉得挺不是个滋味的。不明白他为什么要接这种结构单薄剧情落套人物扁平的戏，还有，他为什么总离不开那种资青（这是我的简称说法，年轻小资的意思）或者愤青的角色。按理说，他都三十好几啦，为人夫为人父，怎么就不能接点成熟角色呢？看人家唐泽寿明和江口洋介在《白色巨塔》里的中年角色多么魅力十足啊……《华丽的一族》让我激动的是木村终于离开了他一贯的小年轻的角色，在这剧里演一个家族长子，一个丈夫，一个小男孩的父亲，一个拥有权势和财富，同时也拥有理想和美德的男人，一个完美的男人。演得非常精彩。木村的演技一向精湛，是罕见的真正意义上的偶像派和演技派的融合体，他的表演层次是相当丰富的，这一点，在《华丽的一族》中再次充分体现出来。人们都说，完人不好演，演不出味道。但木村就可以把一个完人演绎得非常迷人……可是，剧情太悲了太惨了。我心里堵就是因为这个原因……

我还对女友说，你们看的时候，看到最后，得一个人看。肯定要哭的，旁边有人多尴尬啊。最后一集我是一直哭着看完的。现在，眼睛都还肿着呢，等会儿我先生就要回来了，怎么办啊，还以为我有什么不可告人的伤心事独自饮泣呢。

女友大笑道，赶紧冷敷啊。等会儿在你老公面前说不清楚哦。

呵呵，其实这种事跟男人是说不清楚，甚至跟不是木村迷的女人都说不清楚。

跟看《华丽的一族》急于排解和分享的状态不同的是，看完《武士的一分》，我很冷静，一方面陶醉在我所习惯的一部好电影给我带来的那种深深的沉默之中；另一方面，我再次赞叹木村的演技。我想，熟悉木村拓哉表演的人，熟悉他那双很有表现力的大眼睛的观众，在这部电影中都会有一种相当惊奇的观感，那就是木村对三村这个盲人的诠释，在这部影片中，木村的面部表情依然层次细腻，但眼睛里的神光褪去了，代之以盲人的空茫，但这空茫中又射出巨大而深刻的痛苦。这不是我们大家所熟悉的那个长发飘飘的大帅哥，而是一个真正的演员用高超的演技出色地演绎着他的角色。我不知道我到底是一种什么样的心情，是更怀念那个迷人的青春偶像，还是更欣赏这个人到中年的好演员？这个问题，真说不清楚，想来跟同是木村迷的女人都说不清楚。

2007年6月11日

他们的一分

《乱樱花魁》

乱樱花魁

把这样一部唯美的电影译为"恶女花魁",初初读来实在是有点煞风景。不过,这个"恶"字,其实也颇为传神。这部电影可以说是一部"恶之花"。

另外还有一些译名,"盛樱花魁"不错,更好的是"乱樱花魁"。这个"乱"字,应该说概括了这部电影那种缭乱之美的特点。

《乱樱花魁》是2007年春上映的日本电影,清一色的女性创作阵容:原著是漫画家安野洋子;导演是著名的时尚摄影师蜷川实花,这是她的电影处女作;编剧是棚田由纪,一位也导电影的电影人;音乐椎名林檎,主演土屋安娜,这两位在当下的日本都是炙手可热的人物,拥趸无数。两个女配角，木村佳乃和菅野美穗也都是在日本影视界颇有分量的演员。我很喜欢木村佳乃这个演员，长得舒服，演戏也灵光，能够把握各种角色。我看的她的前一部电影是《禅时雨》，那里面的佳乃扮演的阿福优雅隐忍，而《乱樱花魁》里佳乃扮演的前任花魁高尾，狭隘、妒忌、张狂而且愚蠢，跟《艺妓回忆录》中巩俐演的那个角色是一种类型，都是那种被欲望给淹没了的女人，佳乃演得很出色。

影之蜷川实花

在看《乱樱花魁》之前就看过蜷川实花的摄影作品。她是一位出色的时尚摄影师，作品主题多以花卉、女人以及风景为主。她的特点是色彩极为浓烈、绚丽，画面饱和度极高，色彩堆砌乃至于趋于糜烂，很有视觉冲击力。

在《乱樱花魁》中，蜷川实花对色彩和构图的华美鲜艳做了一次挥霍性的使用。我在看这部电影的时候，好多次按键抓取画面，定格下来的都是一幅"浮世绘"。这一方面说明蜷川实花的考究和精致；另一方面也说明《乱樱花魁》的时代和场景设置与"浮世绘"正好匹配，这部电影讲述的就是"浮世绘"有着最高成就的江户时代,吉原游廊玉菊屋的艺妓生活。

　　江户、吉原、艺妓、浮世绘,这些字眼对于比较熟悉日本文化的人来说,早就是不再陌生了。井原西鹤和喜多川歌磨分别是这一时期文学和绘画的代表人物,而电影中,对于这个时期的花柳世界的描述,之前也有不少不错的电影,比如《写乐的感官世界》《吉原炎上》等。《乱樱花魁》的突出之处在于,它用十分喧嚣的带有攻击性的色彩语言和人物设置,突破了此类题材中艺妓形象一贯的幽怨,讲述了一个十分风格化的情色加励志的故事。同时,这也是一个讲得到之后放弃的故事。女主人公清叶是厌恶艺妓生活的,但她把这一行做到了顶端,她当上了花魁,然后,她觉得这才有资格去放弃。这是一种强者的思维方式,正是这样的思维方式,使得《乱樱花魁》显得相当的有劲道。也幸亏有这样的劲道,否则,这部色彩过于浓烈华美的电影说不定会让观众因刺激过度,不到结尾处就心生厌倦进而放弃了。

乐之椎名林檎

《乱樱花魁》中火辣辣的配乐和歌声,出自椎名林檎之手。椎名林檎在2000年时就以奇特另类的音乐风格在乐坛上十分抢眼。2003年她推出的《加尔基、精液、栗子花》大碟,从名字上就可以看出她有一种叛逆的摇滚风格。她的音乐很有爆发力,跟蜷川实花的摄影风格相匹配的是,她的音乐在通感中也有一种十分艳丽的视觉感,还有点脏,但脏得很来劲。这是一个血气丰沛的才华横溢的女人,愤怒、忧伤、痴情、神经质。她让我想起我喜欢的日本老牌歌手中岛美雪,她更是让我想起我的朋友、女诗人唐丹鸿的一些作品。我觉得她们是同质的。

我顺手找了唐丹鸿的两首诗的片段录在这里,一首是《向日葵》,"我要撇开那甲乙的双腿不谈/你聪明的体温才是火灾的朋友/你啊,我的狂笑宝贝/长着骏马体魄的向日葵/你像扑鼻的香皂那样滑倒了我整个人……",一首是《机关枪新娘》,"那是东边的火药瞄准西边的头发/那是愤怒的朝霞插入扳机的食指/那是大丽花突然抬起微风捂住乳房/那是你，把钢琴剧痛的脂肪往下按……我是反光纠缠着钥匙私语/我是正光抽打的无知的阉人/我是闪身让你加速的高速公路/我是棉花、水银和……呜咽"。

影片中有一段，清叶最后看了爱郎一眼后跑向河边的时候，椎名林檎的歌声乍然喊了出来，现代摇滚和古代风情严重错位，但意外地生出一种强大的冲击力。那种冲击力，就是棉花、水银、火药、向日葵、大丽花、机关枪、剧痛和呜咽……是蜷川实花在这部电影中经常出现的金鱼和樱花，是那些深红和宝蓝对应出来的正邪不分，美丑交织，是一堆说不清楚的东西，是一切，又什么都不是，是一场意象的火灾，也是火灾之后的灰烬，是一场空。

演之土屋安娜

一个艺妓爱上了嫖客，结局是可以想见的。但这个艺妓不甘心，她想最后去看一下，去证实一下，当嫖客在玉菊屋之外看到去掉了那些华美的妆容和服饰之后的她后，会是一个什么样的表情。她也许希望看到的是漠然的表情，这能让她死心；也许更希望能看到他的黯然神伤，这能让她以及她的爱情安心；但她看到的是一张笑脸。她不知道该如何辨析这样的表情，转身冲到河水里，失声痛哭。在这段戏中，清叶的扮演者土屋安娜演得十分撼人。

对于蜷川实花的影像和椎名林檎的音乐来说，气质俗艳又清纯、暴躁又沉寂的土屋安娜是个很恰如其分的诠释者。这个日美混血儿带有天生的小太妹味道，坏得迷人。在《乱樱花魁》之前，土屋安娜在《下妻物语》一片中就很好地呈现了她那种强悍的特点；在《乱樱花魁》中，应该说是又一次完全释放了土屋安娜本人的气息，她所扮演的清叶，在对艺妓的精致的程式化的禁锢中，那种捆不住挡不住的粗野更加喷薄欲出，有一种特别的性感。这一点，在清叶成了花魁后行街那段戏表达得最为充分——从形体和装束上像个偶人一样的花魁，拖着刑具般的高蹬鞋，在灯光中和众人惊诧的目光中，一摇一摆地挪着。这本是花魁的待遇，其他的花魁都会很认真地在表情上配合着做一个不动声色的偶人，但清叶不同，她的眼睛和嘴角完全无法掩饰地渗透出得意和骄横，她诱惑，同时也拒绝，她非常享受，但又带有一种深深的厌倦。

应该说，《乱樱花魁》这种完全由女性团队一手打造的作品,走的又是唯美路线,会在阴性气质上有反复重叠且加倍发酵的可能性;但事实上,这部作品有一种特别的阴极而生"阳"的味道,而所谓的"阳",并不是雄性的意思,而是在一般理解中"阳"这个词衍生出来的那些含义:生猛、刚硬,甚至于粗野……或者就用强势这个词来一言以蔽之。

在这部由一群个性强势的女人来讲述的故事中,女性的生存现实和生存意志之间有一道巨大的鸿沟,她们是在一种被观看被鉴定被使用的环境中来寻找自身存在的价值,而所谓的成功,一个级别是在同类之中踩下别人之后登上花魁的位置,更高的级别就是获得某个权势男人的青睐,然后赎身从良当小妾,在众人的称羡中,乘一骑小轿离开烟花柳巷。这种命运是这类女性完全无法避免的,在一些同类题材的电影中,比如美国拍的那部《艺妓回忆录》,都按着一种安于命运并在这种命运的轨迹之中发奋图强这一逻辑来叙述的。《乱樱花魁》的别致之处在于清叶这个女人对命运本身的厌恶和反抗,她表达厌恶的方式以及反抗的方式不是逃避,她用的是获得然后放弃的方式。她取得了第一个级别的成功,当上了花魁,她还在第二个级别的成功上让人目瞪口呆——她可当的不是武士的小妾,而是正室太太。她放弃了,从一开始进入吉原游廓时,她就一直在等待着放弃的这一天。由此,清叶这个人物就有了一种出众的彻底性和力量感。

我喜欢的就是《乱樱花魁》中的这种强势。当然,这种强势,也是有限度的女性的强势,是放在男权社会这个大背景之下的。其实,如果不是在这个大背景之下来谈论,那么在由男性一手把持的电影行业中,这个女性创作团队本身的构成也不会成为一种让人惊奇的话题。

2007年10月18日

相 性

网购了三浦友和的新书《相性》。"相性"这个词是日文,翻译成中文大概就是"投缘"的意思。三浦友和对这个词的解释是人与人之间彼此性格合得来,相互吸引,做什么事都很容易产生共鸣。三浦用"相性"这个词来做书名,解释他三十年美满婚姻的秘诀所在。这本书字数不多,文字朴实清浅,拿到手两三个小时就看完了。

随后把书架上的《被写体》又拿出来翻翻。

《被写体》是三浦友和1999年出版的散文集,那是他的第一本书,书中文章的写作时间跨度有十几年。出这本书的时候,三浦四十七岁,虽说接近知天命的岁数,但还是留有年轻时的一些火气,对媒体常年的围追十分愤慨,同时对

"百惠的丈夫"这一身份也相当敏感、无奈且不甘。

当年看了《被写体》,有感而发,写了《情结》一文,收在了我的《华丽转身》一书中。其中有一段是这样写的:"翻看《被写体》,很是惘然。在三浦友和的这本书里,主要写因妻子山口百惠一直被媒体追逐而导致他与传媒界恶战多年的感受,有醒悟,有结论,也有许多的歉意和心酸。我不知道那些被人围追的名人是否真的很悲惨,但是,读《被写体》我还是被打动了,行文的朴拙是一个原因,更为重要的原因是青年时代的三浦友和给我留下的那种诚实本质的好感。常言说,'男怕入错行,女怕嫁错郎'。我觉得这两个意思放在三浦友和身上都很合适。一是入错了行。他不具备演员的天赋,失了山口百惠这个"势",他的黯淡也是情理之中的;二,他真是娶错了老婆。苦挨苦挣地当一家之主,却怎么样都是'百惠的先生',一直生活在一个盛名妻子的阴影之下,年近半百了还是以一个二线演员的身份在日本演艺圈里扑腾,始终无法独占魁首。当年百惠做出婚后引退的决定时,三浦友和承受着巨大的压力,几乎有断送国民明星之罪。他在一次记者招待会上竟负气发誓:'我一定要成为与她般配的丈夫。'三浦母亲从电视上看到这一幕,流着泪

《绝唱》

要求儿子，不要再说那么没出息的话。十八年过去了，三浦是失言了。公开的誓言是一条啃食心灵的虫子。世上有许多家有名妻但也幸福快乐的男人，如果他拿得起放得下如果他知道在乎什么不在乎什么。但是对于像三浦友和这种性格倔强的日本男人来说，这条虫子一直是锥心的。他在书中说，他是幸福的。谁信？我不信。"

这段引文挺长，但我觉得还是必须把它引下来。我写这段文字的时候还年轻，对人生这件事，以为很懂，其实无知，经常下断言，用语还很决绝，现在读来真是羞愧。作为一个职业写作者，对于公开发表的文字，时隔多年后发现不妥，我觉得有必要再次以公开发表的文字来加以纠正。

我后来觉得三浦友和真是幸福的男人，还不是因为现在读了《相性》这本书，而是这些年在看一些电影电视剧的时候，发现他的面相越来越舒展。从演艺成就来说，虽说三浦友和的影视作品数量有上百部之多，但其知名度还是早年与百惠搭档出演的那些影视作品所奠定的，之后，作为演员的三浦友和是一个勤奋认真合格的演员，但的确不算一个特别优秀的演员。相由心生，近年来，我在日影日剧中看到的三浦友和渐渐发福，但越发安详从容，越发安于本质且享受职业的乐趣，早年那种挣扎的痕迹一点点离他而去，代之以一种乐天知命的气息。

相性，真是美满婚姻的真谛，也是所有人际关系中能够长久相处愉快的秘诀，此所谓同类项合并。同质地的人，三观一致，思维方式趋近，所以相处协调，摩擦少，自然和谐美满。2012年出版《相性》的时候，三浦六十岁了，到了随心所欲不逾矩的年纪，呈现在文字里，气息笃定安稳，还能够自嘲，能够非常自信地展现家常的魅力，可谓是活通泰了。这些呈现，如果不幸福是不能够的。

三浦友和在《相性》一书中多次说，他的人生是幸福的。对于这位在我少女时代就铭刻于心并在很大程度上左右了我对于男性的审美标准的偶像，确认他幸福，真的很欣慰。

2013年7月31日

《8月照相馆》

善恶交织的凉爽

7月中旬,连着几天下小雨,天气凉爽。我从影碟行挑了两部片子回家。想的是一个东方一个西方,调剂一下,却不想,不经意间,目睹了一善一恶,但反差并不强烈。

东方的善的,是韩国电影《8月照相馆》,西方的恶的,是美国电影《天才雷普利》。

《8月照相馆》是那部甚为恐怖的韩国电影《爱的肢解》的男女主演韩石圭和沈银河前一次合作的作品。本应该在《爱的肢解》之前看的。其实,我也没看《爱的肢解》,它恰是我最怕的那种电影,心理惊悚加感官恐怖。有评论说它是韩国的《七宗罪》。我是布莱德·皮特迷,但我连皮特主演的《七宗罪》都没敢看,当然不会找《爱的肢解》来受罪。一个朋友近来碟子多得看不过来,便让我先期"审查"《8月照相馆》。我第二天对他说,可以看也可以不看。太清淡太美好。一个患了绝症的男子余永元(韩石圭)照料着一个小小的照相馆,一个美丽活泼的女交通巡警金德琳(沈银河)经常到这家照相馆来冲洗照片。永元总是朗朗地笑,因为过于爽朗,笑声听来有点假。德琳跟永元有一搭没一搭地说话。德琳这样问,你多大啦?永元说,快三十了。德琳耸耸鼻子,啊,那就是三十多了,中年人了。永元就哈哈大笑。渐渐地,两人一点一点地靠近。一个人的时候,永元有点忧伤,担忧着老父亲和姐姐一家人,也挂牵着她。终于,永元住进了医院。照相馆关门了。德琳白天晚上抽空去等,门总是关着的。她不知他上哪里去了,也无法找他。终于,永元死了,留给德琳一封信。我们不知道信里写了什么——

朋友说,这个嘛,好像还是应该看看。等这段时间复杂的瘾过了以后。

这段时间,同志们集体追踪复杂恋情。正常的异性恋题材已然不过瘾。清淡的美好的合情合理的爱情,好像留到秋冬季节比较合适。就像那年冬天传着看《情书》,每个人心里都跟电影里的冰雪世界那般纯真清冽。《情书》里的藤井树从头至尾都在感冒。我在看完《情书》的当天晚上就感冒了，被友人们好一通夸奖。

复杂恋情？！多了。《8月照相馆》的第二天，我就看了《天才雷普利》。

这个片子对于我是必修课。导演安东尼·明格拉（《英国病人》是其作品），主演马特·达蒙、贾德·劳、格温尼丝·帕特洛和凯特·布兰琪。这四个演员，都是这些年世界影坛的新贵，都有力做贡献，比如达蒙的《心灵捕手》、帕特洛的《恋爱中的莎士比亚》、布兰琪的《伊丽莎白女王》等。我尤其喜欢贾德·劳，在看《王尔德》的时候就喜欢上了。可以说，他已经被我列入三大至爱靓星之中了，按顺序排是布莱德·皮特、列奥纳多·迪卡普里奥、贾德·劳。

如此阵容的电影，对之的期待再高也不过分。应该说，我对《天才雷普利》的期待还是过高了。其实，对明格拉就不能期待过高，就跟《英国病人》一样，他的作品还是差了一点点。他非常有才华，但差了点天才，就像电影里的雷普利，是个聪明的罪犯，但不是天才罪犯，就是放在电影里五十年代那个背景里，雷普利也是比较容易识破的。

当然，《天才雷普利》不是侦探片，所以，罪犯和侦探的一系列技术问题在这部电影里不是个问题。它的问题是罪因何而生？一个腼腆的美国男孩，在美丽的、阳光明媚的意大利，爱慕女人也爱慕男人，那他为什么会一次次地杀人？也许，阳光下的美景更让一个拥有稀薄的人意识到自己那点稀薄的拥有。雷普利本是一个和所有正常人一样生活着的人，他出身寒微，但成人以后也有足够的立身之本；他没能受过良好的教育，但爱好高雅不俗——所有可以继续支撑他认真而且愉快活着的东西都因一种强烈的对比而发生倾覆——在他面前，有一个人，漂亮、放浪、不劳而获、魅力无穷，有一种与生俱来的高贵气质和优越感。

命运给了雷普利一个比较的机会，他没能经受住神的考验，他一松手，坠了下去。他失手杀了那个幸运儿并取而代之，从此惊恐地过着他曾经艳羡不已的豪华生活。

我相信人人心中都有魔鬼这种说法。有机会魔鬼就会被释放出来。我想起波德莱尔在《恶之花》中的几句诗："恶魔老是在我身旁不断地蠢动/像摸不到的空气，在我四周飘荡/我把他吞了下去，觉得肺部灼痛/充满了一种永远的犯罪的欲望。"波德莱尔说恶魔是被不由自主地吸进人的体内的。

这些天报纸上发消息说，各地酷暑难熬，北京高温逼近

40℃，南欧热死好多人。我在成都非常凉爽，在桌前坐久了要套上一条薄长裤才行。我看的这两部好电影，一善一恶，但都不极端。

也许，至善和至恶都是一种灼热的东西，在它们中间才是凉爽的宜人的，才是我们这些普通人可以安然接受的。至善如特蕾莎修女，至恶如希特勒，都具有一种震撼力。可是，大多数的人，其实是心中藏着某种恶念的善良人，关键是，让神赐一个凉爽的空间，让我们善始善终，不要出轨。

2000年7月14日

《快乐到死》

爱到死

很奇怪,这段时间看的爱情电影居然都是悲剧。并非刻意选择,但一路看下来,都是出人命的。

天太热了,需要打打寒战?

爱情这东西其实历来就是危险的。在爱情中的人,从生理上讲,由于体内激素的原因,都是处于非正常的状态,有着非正常的体验和表达。人类社会暴力事件中,以情感纠葛为起因的,恐怕占了相当大的比例。

我最近看的三部电影,法国的《罗曼司》、韩国的《韩国情人》和《快乐到死》,结局都是情杀。这三部电影还有一个共同的特点:狂热的难以自拔的对性的依赖。性成为爱情的最终表达,也成为死亡的最初动因。

在《罗曼司》里，女人因男人对自己的冷淡而用乱交的方式来发泄，但她并没有因此而得到释放。在女人怀孕期间，男人继续心不在焉和不负责任，终使女人痛下杀手。女人在杀了男人之后，上医院生下了孩子，然后抱着孩子参加了男人凄凉的葬礼。这部电影因为观念上的混乱和模糊，成为当下欧洲文化界备受非议的作品。这部电影对女性的性欲望给以无限的赞美和拔高，同时，充斥了女性对男性的仇恨和绝望，并在这种名义下，让杀人成为一种理所当然的行为。这种极端的作品，很让人不快和不安。这部电影让人议论纷纷的原因还在于它对性的表现尺度。欧洲电影对情色的表现方式历来大胆，出现性器官是常见的事情。相比之下，美国电影因为早年的清教徒传统的影响和较为严格的电影审查分级制度，比如海斯法则，对情色的表现倒要含蓄得多。《罗曼司》像很多欧洲电影一样大胆，但是，它的一些畸恋场面和性幻想场面，却是罕见的淫邪。

这几年韩国电影让人惊讶，它们在国际影展上频频亮相，引人注目。韩国电影的突起方式之一是，其作品的切入点是复杂晦暗的人性，用的是东方式的剖析方式和表达方式，有一种清冷和隐讳的特点。《韩国情人》和《快乐到死》是这段时间韩国电影的佼佼者。

《韩国情人》和《快乐到死》都算室内剧，人物少，空间逼仄，心灵紧迫不安。前者是一对体健貌端的青年男女，能充分享受性的欢愉。但是，女人另有所爱，男人在辗转反侧的焦虑之中，杀死了他的情敌来固定女人的爱情。女人在获悉自己爱的人死亡消息之后，心如死灰；男人惊怒交加，绝望中掐死了女人，并投海自尽。后者，《快乐到死》，讲一个女人毁灭的过程。女人为人妻并为人母，丈夫内向无能，生活平淡劳顿。女人在遇到老情人之后，两人重燃旧情难舍难分。丈夫发现了这一切，在羞辱和愤怒中精心策划，杀死了妻子并成功地嫁祸于妻子的老情人。

这真不是什么让人愉快的故事。再热的天，看这些电影都真的要打寒战。

悲剧是把美好的东西毁灭给人看。《罗曼司》《韩国情人》和《快乐到死》都符合这一标准。那里面的女人和她们的情人都很年轻漂亮，性爱场面相当悦目（《韩国情人》和《快乐到死》尤其如此；《罗曼司》中的属于正常范围的性爱场面是美好的）。杀机从何而起？如果说，《快乐到死》中心理阴暗的丈夫是当然的毁灭者的话，让人难以接受的是

《罗曼司》里女人的残忍和《韩国情人》中男人的疯狂,他们的心灵分泌出了一种什么样的毒液,让他们成了魔鬼?

在日常生活中,我们都有这样的体验:媒体上报道的将领死罪的犯人中,要是有一个容貌俊美的人,我们的心都会猛地一沉,有一种暴殄天物的感觉,虽说我们完全明白"自作孽不可活"的道理。

也许,在爱情这种非正常的状态里,死亡有一种特别的诱惑,它在一种纯粹的欲望里面,是妖冶动人的。

在这一点上,东西方的看法是比较一致的。爱本身,是一种苦痛;性之后,是更大的空虚。爱情电影要具有一种起码的深度,大凡都是从这一点入手的。情杀过于极端,极端的东西总是极少数的;更多的作品将终点落到厌倦上。从这个角度讲,厌倦是一种温柔的甚至是圆满的归宿。如果在爱情中的人离开爱情的时候,是因为厌倦,那么,这样的故事会让我们伤感,但是安心。

厌倦之后可以怀念,可以在日后因为那片泛黄的旧情而让自己的心恍惚、潮湿和温暖。怕的是没有厌倦,而是仇恨。

爱得太深太重太狠,你能保证你不杀人?

清洌之水

我知道，很多男女在爱情中有一句话是要对情人说的，前面的假设都是一样的，"要是哪天你不爱我了"，后面的话是，一个版本："我就死给你看"，另一个版本："我就杀了你"。一般情况下，这种话叫作"海誓山盟"。

当然，太多情侣最后是遇到了"你不爱我了"或者是"我不爱你了"的结局，但是结果是谁也没丢命。

丢了命的，都在报纸的社会新闻版里、生活杂志的悲情故事里、小说里、电视剧里以及像《罗曼司》《韩国情人》《快乐到死》这种电影里了。

我们打寒战的原因终于搞清楚了。对于上一次爱情来说，我们是幸存者；而对于下一次爱情来说，我们可能是遇难者。

2001年7月18日

《漂流欲室》

演员的身体

韩国电影《漂流欲室》是老汪隆重推荐的。他怕我错过这部片子，打电话让我赶紧去买。说来接到老汪的这种电话好多次了。他一周两次搜片，任何好片子不可能从他那里漏过，而他也喜欢和大家一起聊，这两个因素结合在一起有一个结果，那就是很多人觊觎他的收藏。而老汪的原则是决不出借影碟，于是，只好给大家打电话。电话要打很多，每个电话都还要说说那片子好在哪里，在淘片现场他还得用手机打，所以，老汪一个月的通讯费想来不便宜。

以我淘片的特点，但凡奇怪一点的非主流电影，我都买了再说（因为可以去换的）。老汪的推荐当然错不了，但我看了《漂流欲室》之后却是震惊。它出乎了一般意义上的好。

应该说，这部韩国电影太合我的口味。它是复杂的、黑暗的，但又是唯美的。

跟好些韩国电影一样，比如《韩国情人》《快乐到死》等，《漂流欲室》在情色方面也是非常大胆，并且，大胆得美而准确。前段时间买碟子，走到不熟悉的摊瞄一眼，摊主指着《韩国情人》说，买这部没有？韩国三级片。说的也对，也是三级片，但已经被艺术上的价值所覆盖。我有时纳闷，韩国的审片尺度究竟是怎样的？韩国的民风民俗究竟如何对待裸身演出的优秀演员？我们中国，内地不用说，在香港和台湾，三级片和常规电影是两个世界，完全没有沟通的可能。一个三级片演员要重新被人当作一个演员对待，就要过一道炼狱。舒淇和李丽珍就是两个例子。这两个捧了金像奖的女演员，都在领奖台上悲喜交集地哭，像从良了似的哭，像在为以后可以穿得严严实实地演而感谢上天。

身体以及身体的表现力，对于一个演员来说，应该是其表演生活的一个重要内容。但是，在很多人的观念里面，都把展露身体视作或是一种无谓的牺牲，或是一种可耻的妥协。这个道理，放在普通人那里是理所当然的，我们的身体是我们个人的绝对隐私。但是，如果选择了从事表演这一行，从彻底的职业要求的角度讲，演员必须把自己贡献出去。一个演员在作品中时，他（她）的身体和他（她）的脸一样，都不再属于他（她）本人了，而是演绎另一种人生另一个灵魂的媒介。

连着看的这几部韩国电影，特别是《漂流欲室》，对韩国电影的神速进步感到吃惊的同时，更是感佩韩国演员在表演上的高度投入。《漂流欲室》的导演是金基德，一个有神鬼附身的天才，主演是徐情和金儒哲。这三个人，应该都是可以成大器的人。

2001年8月24日

《婚外初夜》

爱情绝对不是最要紧的

这部韩国电影的片名本为"情事",碟商将之改成"婚外初夜",当然更吸引人了。

男,宇因,二十七岁,未婚;女,全素贤,三十八岁,已婚,且有一子。这样的年龄,男女双方的情爱经历都不会是幼稚的,跟初夜当然没有什么关系,他们之间的故事只是成年男女之间的一次轨外情事。年龄差距也没有特别意外的地方,是悬殊了点,但,十一岁,正好又是一出"锋菲恋"。

麻烦的是,这是一出不伦之恋,宇因是全素贤未来的妹夫。妹妹全地贤还在美国,请姐姐帮助先期回国的未婚夫一起筹备婚礼。姐妹俩都没有想到这里面会出怎样的乱子。地贤放心托付,素贤一开头也是尽心操办,心无旁骛。妹妹给姐姐打电话还甜滋滋地说——你觉得他怎么样？我相信你会喜欢他的，我们俩对男人的口味一向很一致的……这话放到影片后面来看，就是一句谶语。果然，出乱子了。

看这部电影真觉得害怕。女人该把自己爱的那个男人怎么办？总免不了要让他和自己的亲友打交道，而且，自然会希望他被亲友欣赏喜爱。友就不说了，如果运气不好，被友人横刀夺爱，也是可以料到的；但如果是被亲人拦路抢劫，这口气实在可以憋死人。像《婚外初夜》里素贤地贤姐妹俩，以后该怎么办？这种伤口是永远无法愈合的。影片最后素贤和宇因远走他乡，可以想见，素贤今后一定生活在地狱里了，宇因再怎么爱她也没有用。

在人生中，爱情绝对不是最要紧的；或者说，爱情并没有超越人生其他东西的能力。何况，我在《婚外初夜》里并没有看到多么了不得的爱情，就是普通的两情相悦。影片中，素贤和宇因的外貌和气质都很赏心悦目，如果抛开角色身份不作他想，这两个人完全可以让观众进行一次尽兴的爱情观礼活动。但，这一切因为不伦，便有了一种不洁的感觉。

如果非常情况下发生不伦之恋，那我们另说。在《婚外初夜》里，这场恋情是如何发生的？完全是好端端生出是非。像宇因和素贤这样的好男好女，彼此互有好感，那是自然的。但是，双方都没有守住最后的禁忌，铸成大错。这样的错，爱情本身是没办法挽救的。我设想，结尾宇因和素贤一起"避难"到巴西以后，又会怎样？素贤见不到儿子，愧对勤勉养家的夫君，想起妹妹心如刀绞——这种境地，宇因的存在可以说几乎没有任何作用。素贤在煎熬中加速老去，正当华年的宇因该如何艰难地维持对一个悲伤压抑的老女人的爱？

最近听一女友倾诉。是双向婚外恋，还想要个结果。我听完她所有的理由之后，只说："你算算成本再做决定，好吗？"女友无言以对。我自己都奇怪，这样的话居然会从我这个天性浪漫蚀骨的人嘴里说出来。早些年，若有女人在我面前说这种话，我掉头就走，从此看不上她。是岁月教我，而且还教会了我——人生要紧的东西多了，爱情绝对不是最要紧的。还是这句话。

2002年8月23日

《疯狂婚姻》

说吧,说我爱你

这两年,我基本上看到韩国的情感片就会买。的确是相当不错。

他们这种类型的片子,一般是两个路数。一是纯情,《8月照相馆》《恋风恋歌》《我的野蛮女友》等,真情永远,至善至美的童话想象。我说这是童话想象绝没有嘲讽的意思,而是因为感动。说到底,毕竟还是这种东西在挽救着我们。

还有一个路数跟现实很贴近,乱麻一般的情感。我不说是乱麻一般的爱情,因为我的确不知道爱情这个词放在这类影片里是否合适。我一向是把爱情这个词纯粹化的,因为不这样做我也将失去自己的童话想象。这种乱麻一般的情感,在韩国片《快乐到死》《婚外初夜》《爱的色放》,以及我刚刚看的《疯狂婚姻》中,都被很唯美的镜头给修饰过了,让人在观看的过程中很容易掠过乱麻本身的潦草和丑陋。但静下心来,看看我们大家自己的现实情感,却会发现,这团乱麻其实任凭怎样修饰也是无法从心头摘掉的,它搁在那里,扎人,疼。

一个叫杨的男人,好看,气质从容淡漠,不喜欢说话,不喜欢婚姻,喜欢性,辗转在一个个女人之间;另一个叫何的女人,也好看,话多、坦率、任性,自以为很潇洒。两个人第一次见面就上了床,各自都很满意。之后若即若离地交往着,杨很满意,何以为自己也很满意。何年纪不小了,想结婚,杨当然不会给她婚姻,于是何嫁了一个医生,然后每隔一个星期都到杨这边来一次,除了上床,还像一个妻子一样为他采买、洗衣、做饭、收拾房间……

这是《疯狂婚姻》的前半段,后面的故事,大家都可以想得到:杨和何这种局面是长不了的。人性中有太多黑暗的东西,它会在这种黑暗的情感中疯长,人在这种过程中,在自以为健康,自以为能够自我掌控的同时,其实已经病了。待某一天突然倒下的时候,才会猛然觉醒,自己是抗不过去的。

《疯狂婚姻》不是一个残酷的故事，前面我说了，它被美化过了，被文化的东西给修饰过了。所以，像杨这种所谓的知识分子，他似乎有所觉醒，他知道性之后的厌倦，情爱之后的废墟，于是他让何彻底地离开他。似乎已经成功了，杨施施然作若无其事状教书、会友、抽烟和吃方便面，何似乎安静地待在家里当全职太太，为丈夫准备晚饭。但结尾处，何又回到了杨那里，他不在，她用钥匙开了他的门……我想，之后呢？这也是可以想象的。

整个影片，这对男女之间没有一句爱的告白。这是对的，他们之间是爱吗？我不知道。其实我们大家根本不知道到底什么叫作爱。正因为如此，应该把"爱"这个词当作一个扶手，好把我们悬空的身体吊在上面。多说一些这样的话："我爱你"，"请接受我的爱"，"试一试被我爱的感觉"……越是空洞的东西越容易说出口。从自私的角度讲，也许说出来好受一点吧，似乎自己有了一个定义，一个准星，一个靶子，似乎不那么孤独，不那么黑暗。从这个角度讲，《疯狂婚姻》里的那对男女也算是高人了。

2002年11月14日

《中毒》

不知道结果的阴谋

一个男人，叫戴杰，爱上了一个女人，叫顺姬。顺姬只爱另一个男人，叫洪杰。洪杰是戴杰的哥哥。洪杰的爱情太完美，太饱足，和顺姬结婚三年彼此都还要写情书倾诉，这还不够，他还必须事无巨细地给戴杰倾诉，才能让自己平静下来。情书其实都是戴杰帮洪杰写的，而洪杰居然丝毫没有发现这里面的异样。顺姬也没有任何察觉。只有戴杰，这个将自己包裹得像一个核桃一样的男人，他才知道自己的内心那些雪白的带点苦涩的果肉究竟是个什么滋味。

过于完美和过于饱足的爱情，总是有一种不祥的感觉。至少在电影里是这样的。这部韩国电影叫《中毒》。

洪杰和戴杰一起出车祸了。同时的，戴杰是在赛车场上，洪杰是在赶去赛车场的路上。两兄弟昏睡一年，洪杰去了，戴杰醒来。醒来后的戴杰不再是那个狂热的赛车手，而是成了洪杰；他像洪杰一样，把手叉在腰上给花圃浇水，做工艺家具，每天早上给顺姬挤好牙膏，每天晚上做好饭菜等顺姬……顺姬不敢相信洪杰是附体在戴杰身上的，于是戴杰告诉她情书的内容，他们相识相爱的细节，等戴杰从桌下取出那枚垫平用的硬币时，顺姬不能不相信，这个有着戴杰的身体、面孔和声音的男人，其实就是她的洪杰，因为那枚硬币是她和洪杰即兴在工作室做爱嫌桌子摇晃垫上的。

戴杰差不多就这样成功了，但是，因为一个细节的暴露，他被揭穿了。这一切对于顺姬来说，是极度震惊，但又有一种手足无措的感动。看到这个地方，我的碟片停在那里了，怎么都走不动了，停在顺姬那张茫然的脸上。

我决定不去调换这张碟子了。就看到这里吧，对于我来说，这部电影就算结尾了。

这个故事的"眼"是讲述一个爱情的阴谋。老天成全了这个阴谋，又戳穿了这个阴谋，但最终，阴谋的目的地到达了吗？

我只知道这个过程太令人酸楚。本来注定是有情无缘的东西，偏偏有了那么一点儿机会，可以让人钻一点儿空子，于是人抵挡不了这种诱惑，去钻了。最惨的就是那个戴杰。他得到什么了？他把自己牺牲掉了。这样的爱情，是动人的，也是可怜的。

一个人爱另外一个人可以到什么程度？为什么总是那么不甘，那么受苦，甚至可以让自己成为另一个人的替身？这是伟大还是愚蠢？我们可以问这样的问题，但是，千万不要自以为是地认为自己可以给出一个回答。我最近写完我的第二部长篇小说，给几个密友看了。她们中有两个对我说，不喜欢这里面的爱情，太卑微了，我自己不会有这样的爱情的。我说，是的，谁也不喜欢这样的爱情，这部小说的几个原型在遇到她们卑微的爱情之前也是这样对别人说。

对于少数的人来说，爱情其实是他们人生的一场意外事故，像一次车祸，或者像一次失足落水。谁能保证自己在撞车或落下水的那一瞬间不尖叫，不挣扎，不做出一些稀奇古怪的动作？当然，这样的爱情还是不要遇到为好，但是，人生太长，灾难来得又太陡峭，如果能够幸存，那就善哉善哉了。

2003年2月24日

后记：我的第二部长篇小说于2003年6月由春风文艺出版社"布老虎丛书"推出。出版前书名迟迟定不下来，我和出版社反复商量了几个来回，各自拟定的几个书名都不能达成共识。最后，我突然想起了这部电影，想起了我这篇文章，于是，双方一拍即合，就是它了，"中毒"。

看《叶子》的那天

这几年,很喜欢看韩国片,特别是韩国的爱情电影,那里面有赏心悦目的俊男美女,还有一些杜撰的爱情。当然,电影里的爱情都是杜撰的,只是,韩国电影里的爱情更像是杜撰的,与现实生活更不搭界,更不真实,更遥远。这是我喜欢的原因。其实,如果是这个原因的话,应该多看看韩剧,它们更加绵长,起码可以让我一个星期内不食人间烟火;但是,我耗不起这个时间,只好选择两个小时的影碟。

选择《叶子》,有个人原因。我曾经有过叫作"叶子"的一段时光。不是曾经的笔名,是一个别名;那时我还没有写作,只是记日记一样每天在笔记本上写写很糟糕的诗。初初看到这部影碟的名字,让我发了一小会儿呆,想想,当年叫我"叶子"的那些人还有那些事,都一片模糊了。

《叶子》的故事开头跟一般的都市题材爱情剧没什么两样,一男一女,某一天某一个机缘,遇到了,相爱了,误会了,和解了,亲吻了,拥抱了,分离了,重逢了。不太一样的是,《叶子》里没有激烈的裸露的情爱镜头,两人轻轻拥抱轻轻亲吻,仅此而已。看惯了这几年韩国文艺片中那些尺度大胆的"限制级"镜头,《叶子》在这方面多少让我有点惊奇。

《叶子》的编剧是深受抒情主义之害的人,而我也是这样的一个人,至今无药可救,所以才会这么对上眼了。他(她)让女主角多慧患上视力衰退症(这一点有抄袭《新桥恋人》之嫌疑),让男主角永奎一贫如洗。多慧必须做手术了。永奎走投无路,只好去抢劫(这话也只有放到电影里说,放在生活中,抢劫罪不可赦,哪管你背后什么原因)。抢了钱,送到医院,但是医生却说多慧眼疾加重,已经错过了手术时机。这时,警察也赶到医院了。永奎夺了女警官的枪,挟持她进了手术室;然后,用枪逼着医生,要把自己的眼睛移植给多慧。医生说,不可能,移植活人的眼睛是犯法的。于是,永奎把枪指向了自己的太阳穴……

《叶子》

这样的故事，在十多年前我肯定是喜欢的，那时，我是凄厉的女孩，就巴望着自己为谁去死，当然，谁为我去死更好。很奇怪，为什么到了现在我还是喜欢这样的故事？现在的我肯定不会为谁去死，更不希望有谁因为我丧命。当年是因为有亡命精神而偏爱亡命故事；现在，一提命不命的就头皮发紧、赶紧躲开，就像看到街头哪个地方人一多，就赶紧拉着儿子快步走过一样。贴得很紧的时候和彻底远离的时候，说不定就会有一种接口；这像一个环，走了一圈，都是那个点，但性质完全不一样了。

看《叶子》是2003年3月20日晚上。这天，上午北京时间十点过，美国终于向伊拉克开战了。我在上班，周围人（大多数是男人）兴奋莫名，拥到电视机前看实况转播。这是个什么世道？连战争都可以实况转播，跟球赛一样。我的心情坏透了。同事揶揄我是个没有原则没有立场的笼统的反战主义者。这话不错。我就是反战，不管任何说法。我没有去看电视，晚上也没看，而是选择了影碟。对于炮火下的那些生命，我不敢多想。

死于个人原因，死于自我选择，死于青春冲动，这里面没什么好与不好的区别。这一天我就看到电影里杜撰的这样的死（最后没死成）。同一天，有一些生命突然被炮火夺走，真实的死，突然的死，蝼蚁一样的死。我真受不了。自戕的生命和被夺走的生命，这里面是悲伤和悲愤的区别。

2003年3月21日

《我的兄弟》

母爱·元斌

韩国电影《我的兄弟》悲惨的结局本是催人泪下的;但这结局在我意料之中,甚至它的表达强度也在我意料之中。这是它流俗的一面,虽然有不少细节很动人,有着优秀韩片里那种细致且别致的特点。

但在影片中间这一段时,我流泪了。母亲和哥哥成铉坐在一起,说:"这么多年,我把钟铉当丈夫一样地对待,他可以让我依靠;而你,让我担心。"在此之前,弟弟钟铉冲着哥哥吼道:"我算什么?你才有妈妈呢,你是妈妈唯一的儿子。"

母亲是一个寡妇,大儿子成铉不到一岁时丈夫去世,小儿子是遗腹子。她从一个温柔幸福的女人变成一个强悍的泼妇，当收债人，和人争吵不休，辛苦挣来的钱主要花在大儿子的手术费上。成铉是一个兔唇，虽经多次手术，面容还是与常人有异，他个性温柔害羞，是学校里的优等生。钟铉比成铉小一岁，和哥哥同班；他高大俊美，个性粗野，是远近闻名的打架王，完全不是读书的料。两个儿子中，妈妈会温柔地搂着成铉，夸他乖，听话，读书好，给他买好看的衣服，饭盒里多塞两个荷包蛋；对钟铉，妈妈常常是一巴掌打过去，很没好气的，还说，你呀，是放到山顶上也能活下去的家伙。

母亲对待两个儿子的态度差别太大，在影片的前半部分，观众甚至和钟铉一样有着愤愤不平的感受；一直要到这一段，到母亲道出她把两个孩子一个当儿子一个当丈夫的心理时，观众才有一种和钟铉相同的释然。

其实说来也能理解。就母亲来说，家里最弱最丑最操心的孩子总是能够得到她更多的爱。如果成铉没有残疾，那么，格外得到宠爱的将是钟铉。他是遗腹子，完全没有享受父爱，加上天生是个底层的粗人，比他哥哥来说前途黯淡许多。母亲的世界就是这样莫名其妙，正好和外部世界的判断标准颠一个个儿。就我们家来说，我母亲现在还能回忆起我姐姐小时候两次受伤的详细情景，也能讲述她怎么地爱哭、瘦弱、缠人、吃饭时间无比绵长等各种小故事。对于我的童年，我母亲却有点愕然，因为在她的记忆里，养我好像完全不费劲，吃饭香睡觉足身体好学习棒，像风的孩子，吹着吹着就长大了。真正让她记忆深刻的是我的青春期，有点叛逆的我让她吃了不少苦头，也就丰富了她的记忆。说句玩笑话，母爱这东西，真有点犯贱哦。

《我的兄弟》里，元斌出演的钟铉，令人有点吃惊。他依然高大俊美不可方物，但和他本人沉默安静温和的个性以及以前大多数的本色角色相比，《我的兄弟》里的钟铉完全是一次突破性的表演。这个角色，粗野甚至暴戾，又缺乏沟通能力，外在表现和内心感受时常错位，很逞强又很笨拙的那种人。元斌很出色地完成了这个角色。想当年，我和女友传看他和深田恭子合演的《朋友》一片时说，元斌的五官是很像木村拓哉，应该说比木村还俊美，可惜的是，他没有木村的演技。现在，要推翻这个说法了。

2005年1月28日

《电影故事》

景深很深

洪尚秀的作品《电影故事》参加了今年的戛纳电影节。这是他第四次被戛纳邀请了。作为韩国当下著名的"作家电影"导演之一，洪尚秀的这部新片保持了其一如既往的实验性，结构还是复杂的，情节推进运用突兀陡峭的手法，让故事本身的轮廓很精致很有味道；影片的讲述方式和演员表演，也还是冷清有力的，对现实的还原性很强，同时，又提炼出浮在现实之上的那层薄薄的恍惚的诗意。这些都是我喜欢洪尚秀的原因所在，在《电影故事》里，这些元素都在，都还是保持了其饱满的感觉。

故事发生在韩国首都首尔（自从韩国首都改名为"首尔"之后，我一直觉得不习惯。"汉城"，多好听的名字啊。真是可惜了。想来韩国是要从方方面面彻底清除中国之于他们的影响,从去掉韩文中的汉字,到去掉首都"汉城")。影片分两个部分,第一个部分其实是包括在第二个部分里面的。第一个部分是一对十九岁的中学同学在分别两年后相遇、游荡、做爱、共同表达对生活的绝望且决心一同自杀的故事。第一部分是以一部比较纯粹的青春片的姿态进入的,直到影片进入第二部分,观众才会发现第一部分其实是一种幻觉,是故事,是杜撰的东西,是电影本身,跟现实毫无关系。而电影里的人物重新进入到现实生活中,分别是人物原型、导演和女演员。后来的这一部分,是成年人平淡乏味的生活。人物原型和女演员与导演之间有理不断的恩怨情仇,还停留在青春期里面的人物原型,以和片中男演员差不多追逐的方式获得与女演员一夜之欢的机会,却发现生活全然没有电影的诗意色彩。

这是一部景深很深的电影,由近到远,构成了三个层次。第一个层次是我们观众看到的这部叫作《电影故事》的电影。第二个层次,是影片中的成年人看到的少年故事。还有一个层次是少年故事。近的这一端在观众这里,远的那一端,是导演洪尚秀。这中间有遥远的距离,有复杂的结构。

清冽之水

两相对视，彼此都是一个身影，看不清面目。

这部电影实现了洪尚秀的意图，那就是对电影普通的观看状态的一个反动。他先让观众掉进去，掉到半截时，以成年故事将观众捞出来，再用成年故事的冷淡气味把观众从对电影的浪漫期待中拉出来。相应这一手法的，我印象很深的有两个地方。一是两处台词。人物原型对女演员说："我爱你。"女演员哑然失笑："请不要这样说。"在第一部分的电影里，女孩对男孩说："我能不能成为你的情人？"男孩哑然失笑。二是影片中女人的角色设置。电影里和生活中，同一个女人，前者的身份是扮演的角色，后者是女演员自己，都在喝醉酒后和男人做爱。同样的小旅馆，其实是同一个人。前者是演员扮演的，后者是人物原型。类似这种照应的细节很多，使得影片在实验性很强的同时，又处处显示导演本人在细节上下的功夫。应该说，《电影故事》在现实性和先锋性的交汇点站稳了脚跟，其才气是不可置疑的。是那种偏执冷淡的轻微的令人抓狂的才气，恰好对应了生活中无处不在的冷淡疏离的气味和欲抓狂而不得的轻微的绝望。都是轻微的，漂浮的，无从落实的。

有意思的是，《电影故事》中所谓的三个层次又再一次构成一部电影。那些所谓的现实也是一种幻觉，是故事，是杜撰的东西。这种层叠的螳螂捕食黄雀在后的手法，真让人心里发毛。我不免会这样想，作为观众，我们的生活，我们的故事，又会被什么摄入镜头中从而成为另外的幻觉、另外的故事、另外的杜撰呢？又是谁在观看我们，评价我们呢？

2005年10月9日

猛虎在细嗅蔷薇

金基德的两部近作《弓》（2005年）和《空房间》（2004年）是连着看的。先看《弓》，后看《空房间》。两部片子看完之后的第一感觉就是，当下亚洲影坛的高人里面，这个韩国人金基德实在牛得有点过分了。过分这个词，在我是非常隆重的赞美，等同于"要命""受不了"等等。很多时候，书面语真很苍白，只有用口语甚至是粗口才能充分表达情绪。

金基德的作品——我没有看全他迄今为止十二部作品，但看过他不少作品——他的格局很多时候都是很小的，常常是逼窄的空间：一条船，一个房间，一个院子，一个湖中心的小寺庙什么的；人也就那么几个人，磨来擦去，榨出皮囊下那些转瞬即逝的东西，或善意，或邪念；然后总是有暴力，有残酷，但又总是有温柔的怜悯和细致的抚慰，人间的善与恶，人性的黑暗和光耀，在这些逼窄的空间里放大了且混淆了，其最后的效果因这种空间的浓缩和心灵的放大以及最后的混淆，呈现出一种模糊的但又是非常精致的美妙。用"恶之花"来比喻金基德的作品，虽说滥俗了一点，但很贴切。金基德的人性，多半都是极端的、有暴力倾向的，甚至可以说是病态的，但美妙之处丝丝可嗅。"我心里有猛虎在细嗅蔷薇"，西格夫里·萨松的这句诗用于金基德也很贴切。

金基德的牛且牛得过分之处，还在于他的影片对白极少。他的人物（在我看过的他的一些作品中，除了《漂流欲室》的女主角是个哑女，其余的人，从生理上讲都是健全人）往往或一言不发或惜字如金。最近的《弓》和《空房间》也是如此。《弓》里，女孩和老人没有台词。在该说台词的三个射箭算命的段落里，女孩附耳告知老人，老人附耳告知顾客。这一方面符合剧情要求的"天机不可泄露"，另外一方面，也是对观众那种通常的好奇心的一次堵截和揶揄。在《空房间》里，男孩一句话没说过，女人只说了一句

《空房间》

话，就两个字，"爱你"。在金基德的影片中，说话的都是配角，而且都是些被嘲弄和鄙视的对象。金基德在创作上这一特征，可以说，也许是金基德对话语的不信任，也可以说，他意图跳过话语这个藩篱（我认为，话语很多时候就是藩篱，是屏障，是导致人与人之间误解的原因所在）去探究人与人之间最本质最真切也是最准确的交流。从另一个角度讲，这一特征也可以视为金基德的野心，他要完全靠影像来讲述，要在最大程度上还原电影本身的特质，他要让他的电影不能被其他任何艺术形式所置换。应该说，他做到了。

像金基德这样处处设置细节且处处给予照应的导演是很少的。在《弓》里，红鞋、礼服、乐器和弓箭之间的转换，日历，反复出现的洗澡场面，反复出现的手与手之间的寻找……在《空房间》里，数码相机，高尔夫球，反复出现的修理场面，反复出现的广告传单……这一切构成一种非常精致的意味以及聪明的导演带给观众的智力上的快感。

对金基德的喜爱还在于他是个能给我们观众带来神奇的人。他的非理性和想象力，在一种合乎逻辑的轨道上走，给人一种顺理成章的感觉。这一点，在近期的这两部作品中尤为明显。特别是看《空房间》，你很可能会在最后微笑的，实在是太美妙也太辛酸了。可惜,我不能讲述结尾。不要讲述结尾,对还没有看过影片的观众担负起不煞风景的责任,这对于一个影评人来说是应该的,也可以说是必须的。这个责任我也是写了好长一段时间的影评之后才明白的。这很让人憋屈,但没有办法。说来这是另外一个话题了。

2005年11月10日

《外出》

乍暖还凉,最宜将息

《亲切的金子》和《外出》是连在一起看的。这两部近来大热的韩国电影,连在一起看给我的感觉是相当奇妙的,有对抗,有愕然,有认同,有伤感,在此混为一谈。

《亲切的金子》是朴赞郁的近作。对于朴赞郁的作品,我是有点抗拒的,他的具攻击性的同时又具防卫性的人性观念,对这个世界黑暗且绝望的观看角度,对人性恶的津津乐道,还有那些残忍的镜头语言,都很刺激我的神经。但每次看他的作品,都有一种被刷新的感觉,他是那种特别具有穿透力的导演,其作品在讲述方式上的巧妙、在镜头切换上的复杂以及灵巧,在形式感上的精致考究,都让作为一个影迷的我非常感佩。《亲切的金子》是他"复仇三部曲"中的第三部,前面两部《我要复仇》和《老男孩》都让我的视觉神经和心理感受备受考验,这部《亲切的金子》,因为美丽的李英爱的出演,有了不少柔和温情的女性色彩,但最后受害者家属集体捅杀崔岷植的那段戏,也是非常难受的。我们知道,真实的人生中有太多这样的故事,有太多的血,但这些呈现在我面前,哪怕是一种虚拟的呈现,也真是受不了。我承认我很虚弱。

韩国电影这些年来的影视形态很是多元,在好作品中,有朴赞郁似的血腥,有金基德似的阴郁,有许秦豪似的冷静伤感,有郭在容似的轻松温情无厘头;拉到电视剧的领域里说,还有韩剧的那种跟真实生活完全不搭界的唯美甜腻。前段时间,我一个女友聊《冬季恋歌》,说,呀,那几个纠缠在十年以上的男女,居然都是没有上过床的?!还不是我们观众没有看到他们上床,而是通过他们的台词知道的,他们的确没有上过床耶。这谈的是哪门子恋爱?有病啊?当时我们在场的人都笑了。这是个好玩的话题。其实,这也是韩国电视人的聪明,因为电视剧所针对的观众人群是不一样,电视剧人群的口味就是要剧里的爱什么都不依附,是飘起来的,就跟肥皂泡一样。所以《冬季恋歌》之类的韩剧就是正宗意义上的非常成功的肥皂剧。成功的肥皂剧就是要脱离现实，让人做那种最莫名其妙最够不着的美梦。

同样是性，跟韩剧形成鲜明对比的是韩国电影里床戏的尺度之大胆之宽泛，一线明星全裸出演的镜头比比皆是，这种情形在华语电影甚至是日本电影里都是罕见的。在《外出》中，一向穿戴端庄的裴勇俊也有床上的裸戏，女主角孙艺珍还是全裸。跟很多韩国电影一样，《外出》中的床戏拍得相当好看，健康美丽。

较之《亲切的金子》，我更喜欢看《外出》。这是个人口味的原因。从个人口味来说，我还是更喜欢许秦豪的作品。

继《8月照相馆》和《春逝》之后，许秦豪此次的《外出》依然让我感觉美好。有人评价许秦豪的作品充满了凉意。我觉得这个"凉"很贴切。我还觉得他也是"暖"的。相对于热，暖是舒服的，相对于冷，凉是舒服的。而暖和凉放在一起，凉可能会更舒服一点。乍暖还凉，是一种境界吧。许秦豪的作品就是这样，现实的，些微悲观的，长久永恒的。他善于定格，在让人唏嘘的故事框架中，把人性中柔软潮湿的部分加以定格。《8月照相馆》中，他用的定格方式是死亡；《春逝》中，他用的定格方式是因为爱情中常见的疏离和离弃而获得的成长；在《外出》中，他用的定格方式是短暂的不合时宜的爱情，因为没有出口而被凝固了。

《外出》中的裴勇俊才是真正好看的他。穿得很素，黑的、灰的，外套、衬衣，牛仔裤。头发很合适，深褐色，不长不短，蓬松干净。比起《冬季恋歌》里他更好看。《冬季恋歌》里的裴勇俊穿得太艳了，花红柳绿，一头金发，显得花哨。更好看的是《外出》里的他非常安静，虽然裴勇俊的韩剧角色一向很安静，比如《我们真的爱过吗》《情定大饭店》，包括《冬季恋歌》，他都很安静，但在《外出》里，裴勇俊有的是那种家常的安静。片中，孙艺珍问："你一直都这么安静吗？"裴勇俊只是笑笑。有一段戏也是安静得让我赞叹不已：裴勇俊和孙艺珍去给受害人家里赔礼吊唁，被人打。回来路上，孙艺珍要求停车，走在路边痛哭失声。裴勇俊下车，站在一边，一言不发地陪着。天光一点点暗下来。孙艺珍渐渐平静下来，两人一起上车。很长的一段戏，一句台词也没有。

在许秦豪一贯的风格里，隐忍和感伤是其要素，他影片中的人物，无论男人女人都是安静的，但又不强撑的，微笑、落寞，有的时候独自流泪。他们的安静中都有一种完美的修养和力量感。他喜欢讲述完全没有办法进行的爱情。这种爱情这种故事，主角其实是时间。看时间还能给他们什么——或者什么都不给他们，或者什么都留在心里。我喜欢时间的故事，这也是我一直期待许秦豪并追看他每一部作品的原因。

2006年1月25日

《时间》

面目全非的爱情

跟很多人一样,作为金基德的影迷,每次他的新片面世都算是一个事件。等待、观看、评论。这中间,不管是喜欢还是比较喜欢或者不喜欢,但都要看。最近的事件是他的第十三部电影,《时间》。

《时间》是被作为进口片进入韩国院线的。真有意思。进口片的待遇是不一样,看相关媒体报道说,《时间》在韩国十个到十五个影院上映。之前,说是金基德的第十二部电影《弓》仅在一家影院上映过,且只有一千多名观众。再前面,《空房间》的韩国票房也很惨淡。所以,这次金基德用了逆向进口的方式来发行自己的作品。看来,任何地方的作家导演日子都很难过。大名鼎鼎如金基德,在国际A级影展拿了那么多大奖,也很难把观众给招呼进电影院。没办法,娱乐是这个时代的核心主题,艺术这东西只能小众、边缘、冷冷清清。

相比于前一部近乎默片的《弓》,《时间》里的台词真多,还给了一些让演员可以发挥演技的机会。比如,前后两个女演员在咖啡馆歇斯底里发飙的戏,从表演上来说,是挺过瘾的;而在金基德作品中惯常的那种冷、隐忍、静谧,甚至偏爱木讷的表演风格里面,却是比较少见的。

在《时间》里,所谓前后两个女演员,在影片的角色里是一个人,一个做了整容手术的女人。一个叫在熙的女人,深爱着一个叫智宇的男人。相处两年后,在熙认为智宇对自己已经开始厌倦了,她恐惧、猜忌、喜怒无常且无力自拔。她认为,如果换一个新面孔的话,就会重新点燃智宇的激情。她去整容了,然后消失了。过了一段时间,她作为一个也叫"在熙"的陌生美女重新接近了智宇,却不想,智宇深深怀念着原来的在熙。于是,她崩溃了……

故事的结局当然是挺悲惨的。看到后面,那个愚蠢的自作自受的很不招人待见的女人,在茫茫人海中一次次去寻找她的爱人,盲目和直觉,执着和冒失,满怀希望和逼近绝望，巨大的悔意和一点点渴望新生的念想，却是令人相当动容的。我看金基德的影片，感动的时候不多，它们很多时候都让我很冷静地觉得好；在看《时间》后面这一部分时，竟让我有一种难得的揪心的感觉。

爱情这东西，在这样的故事这种质地的人身上，真是可怕，完全就是灾难的同义词。这一次，金基德再次把人性推到一种极端的状态。这是他的功力，也是他的勇气。功力和勇气结合在一起，金基德总是能扑住那些闪烁的人性光斑，那些危险的、黑暗的、失足遗恨的但又绚丽诱人的东西，然后，他把它们用他的故事呈现出来。看这样的爱情，让我想起村上龙的一本书，《所有的男人都是消耗品》。村上龙这家伙，是个老摇滚，说话很毒的。日本文坛两个著名的村上，评论家都说，用音乐类型做比的话，村上春树是爵士乐，村上龙是摇滚乐。村上龙在这本书里说，"美丑、出生、成长、命运，这些都是才能的一部分"。按村上龙的说法，所有倒霉的人都是缺乏才能的人。他举例，有些人说，我是想当画家的，也有这方面的才能，可是我母亲老弱多病，所以只好继承家业了。这种人之常情中无奈的感叹，在村上龙看来就是没有才能的表现。同样，他把那些在爱情上不走运或者为爱情受苦的人，也都视为是缺乏才能的人。然后，他挺毒地下断言说："没有才能的人没有资格追求爱。世界是严酷的。人人都会有一两个伤口，有的好了有的没好。现在这个时候，那些心灵滋润的家伙都是感觉迟钝的家伙。"

在我看来，金基德讲的这个"从一开头就错了的"的故事，跟村上龙的论点有一种暗暗的契合，有一种强者的霸权和一种严酷的观世态度，只是，金基德要含蓄得多。

《时间》这部影片被一些评论者认为是对韩国整容业的一次指责。我觉得这个说法有点强加意义的味道。不过，看《时间》，真还要有点心理承受力，里面的那些整容手术镜头，让人惊骇。这种惊骇一方面是来自那些血淋淋的场面；另一方面，跟一般手术不一样的是，前者是在治疗，是病人躺在那里，是不得已，是被动；而美容手术台上躺的是本身好端端的人，却是这样主动要求的血肉模糊惨不忍睹，这尤其让人惊骇。

2006年11月30日

玉面小生的类型

《王的男人》从年初开始热闹了那么久了，才把这部电影给看了。因这部影片名声大噪的李俊基让人发憷——真是一个绝顶妖艳的男人啊。看李俊基的生活照，这种发憷的感觉会进一步得到强化。他的长发，标致精美的五官和粉妆玉琢的肌肤，更主要的是他的神态，无不和一般意义上的女性特征完全吻合在一起。触类旁通，对这个人物的直接感受让我联想到俄罗斯的Vitas，那个传闻中的"当代阉伶"。

《王的男人》突破韩国电影票房纪录并在亚洲反响强烈，应该说很大程度上是因为李俊基那个完全女性化甚至比女性更加狐媚的角色。从某种意义上讲，他突破到了一个性别的禁区里，四下无人，独树一帜。

不能否认，我们现在所有关于性别特点的观念来自文化和习俗中对于两性特点的认定。比如，男性的阳刚和女性的阴柔。历来某些女性主义者的一个任务就是想打破并改变这种约定俗成的性别认定。应该说，一段时间以来，这种努力已经开始在社会群体和公共意识中起了作用，"中性气质""帅气女孩""花样男孩"等具颠覆性的性别观念以及其代言形象，已经被越来越多的人所接受。

那些被公认为"玉面小生"的演员会不自觉地把两性特征的壁垒打通，将阳刚和阴柔做一个糅合。

比如，木村拓哉。他在影视作品中的形象比较固定在男性特征中，但看他所在的SMAP组合的演唱会，就能更明确地感受到他的中性特点，他那舞蹈动作和面部表情，都有一股妖气，但这妖气又控制在一般认定的男性特征之中。

比如，裴勇俊。他在《冬季恋歌》之前的作品中，是完全男性化的，坚硬固执不涉风情，尤其是他在《初恋》《赤脚青春》《情定大饭店》等韩剧中的表演。《冬季恋歌》对于他表演和形象的突破，在于添加了倜傥和柔和这两个元素，延伸至他的电影作品中，《丑闻》加重了倜傥，而《外

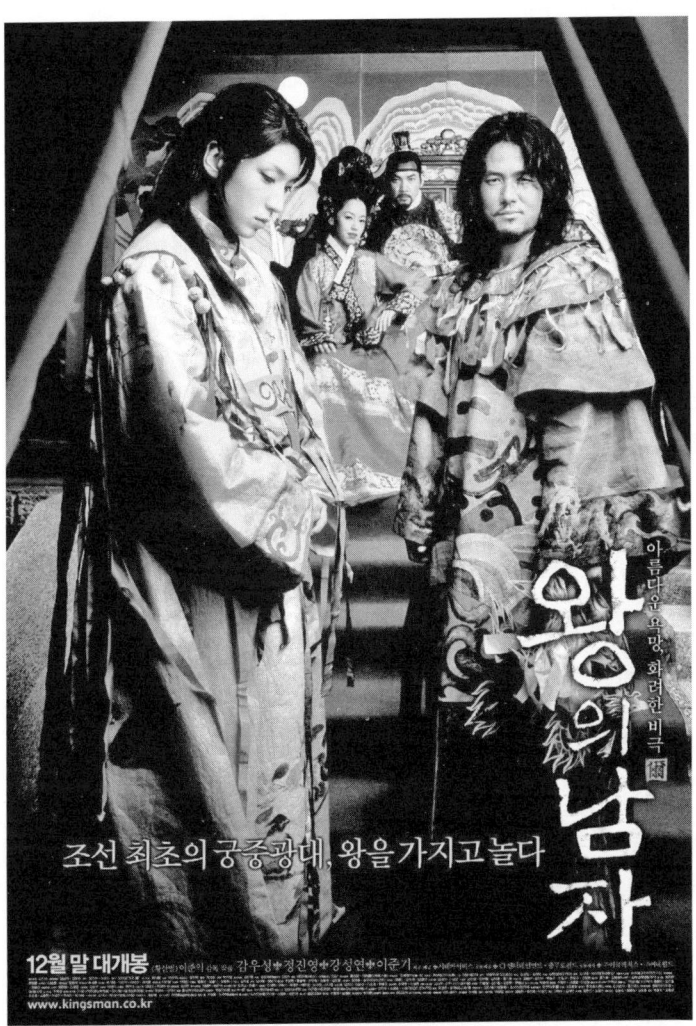

《王的男人》

出》强化了柔和。但不管怎样，裴勇俊是比木村拓哉还更坚定地站在男性特征之中的。

谈中性化旗帜人物，当然不能饶过张国荣。迄今为止，张国荣应该算是纯粹的中性化代表人物，甚至可以说具有唯一性；虽然他平时的形貌充分保留了男性化特点，但从心理上讲，他已然突破了性别的局限，自如来回于两性之间。从这个意义上讲，他获得了某种自由。

李俊基自己说，他在出演《王的男人》之前，看了二十多遍《霸王别姬》。在刻意的模仿中，李俊基还走得更远——他完全走到了女性这一面来了。

与李俊基饰演的宫廷戏子孔吉这个角色很有可比性的是大岛渚《御法度》里的松田龙平饰演的幕府武士木村平野。同样的娇媚无比令人迷乱的容貌，同样隐晦的同性恋题材，但李俊基的怯弱、善良和松田龙平的阴鸷、狠毒，构成了两个大相径庭的人物。这仿佛在性别之渡上，一个站在了船头；一个站在了船尾，背对而立，阴差阳错；但这条船本身不管怎么样都是致命的。

就《王的男人》这部影片来说，除了孔吉这个人物之外，我倒是没有觉得有什么特出之处。简易的甚至有点脸谱化的人物设定,裹挟在华丽的戏剧化的场面之中,悦目是悦目,赏心倒还谈不上。不过,一部作品能够出一个标签化或者说标志性的角色,也就是很大的贡献了。

2006年6月15日